AF553602

हितोपदेश
की
कहानियाँ

हितोपदेश की कहानियाँ

श्यामजी वर्मा

ज्ञान गंगा, दिल्ली

प्रकाशक : ज्ञान गंगा, 2/42 अंसारी रोड, दरियागंज, नई दिल्ली–110002
 / संस्करण : 2023 / मूल्य : चार सौ रुपए
मुद्रक : नरुला प्रिंटर्स, दिल्ली ISBN 978-93-86054-50-0

HITOPADESH KI KAHANIYAN
by Shri Shyamji Verma ₹ 400.00
Published by Gyan Ganga, 2/42 Ansari Road, Daryaganj, New Delhi-2

अनुक्रमणिका

हितोपदेश

मित्र-लाभ, सुहृद्भेद, विग्रह, संधि चार प्रकरणों का संग्रह किया गया है। इसका नाम हितोपदेश है।

भागीरथी नदी के तीर पर पाटलिपुत्र नाम का एक शहर था। वहाँ सुदर्शन नाम का राजा राज्य करता था। राजा सुदर्शन सब गुणों से संपन्न था। उस राजा ने किसी व्यक्ति से दो श्लोक सुने।

प्रथम श्लोक था—विद्यारूपी नेत्र मनुष्य का वह नेत्र है, जो विविध प्रकार के संदेहों को दूर करता है और भूत तथा भविष्य का दर्शन कराता है। जिसके पास विद्यारूपी नेत्र नहीं है, उसे अंधे के समान ही समझना चाहिए।

दूसरा श्लोक था—यौवन, धन-संपत्ति, सत्ता और विवेकहीनता—इनमें से यदि किसी भी मानव में एक दोष भी हो तो वह उस मानव का सत्यानास कर देता है; और जिसमें ये चारों ही दोष विद्यमान हों तो उसके विषय

में क्या कहना!

इनको सुनकर राजा को अपने राजकुमारों का ध्यान हो आया। राजकुमार न केवल विद्याविहीन थे अपितु वे कुमार्ग पर भी चल पड़े थे। राजा विचार करने लगा—ऐसे पुत्र से क्या लाभ, जो न तो विद्वान् हो और न ही धार्मिक हो। जिस प्रकार कानी आँख पीड़ा ही देती है, यही दशा ऐसे पुत्र के होने से है।

बेटे उत्पन्न ही न हों, पुत्र उत्पन्न होकर मर जाएँ, फिर मूर्ख पुत्र हों या इन तीन प्रकार के पुत्रों में पहले दो प्रकार के पुत्र तो फिर भी अच्छे हैं। तीसरा मूर्ख पुत्र अच्छा नहीं गिना जाता। पहले दो तो क्षणिक दुःख देनेवाले होते हैं। मूर्ख पुत्र तो पग-पग पर दुःख ही देता है।

इस परिवर्तनशील विश्व में कौन नहीं जन्म लेता और कौन नहीं मरता! उसका ही जन्म सार्थक है, जिससे अपने वंश की उन्नति हो।

जिस समय गुणी जनों की गणना होती हो उस समय भरोसे के साथ जिसके नाम पर पहले उँगली न टिके, उस बालक से यदि उसकी माता स्वयं को पुत्रवती मानती है तो फिर बंध्या किसको कहा जा सकता है? शत मूर्ख पुत्रों की अपेक्षा एक गुणी पुत्र ही श्रेष्ठ है। एक चंद्रमा रात्रि के समय अंधकार को दूर करता है; किंतु अगणित तारागण भी अंधकार दूर नहीं कर सकते।

जिस मनुष्य ने किसी पवित्र तीर्थ पर दुष्कर तप किए हों उसीका पुत्र आज्ञाकारी, धनी, धर्मात्मा और विद्वान् होता है।

इस संसार में छह सुख बताए गए हैं—नित्य धन-लाभ, रोगहीन शरीर, प्रिय बोलनेवाली तथा प्रेम करनेवाली आज्ञाकारी पत्नी, आज्ञाकारी पुत्र, अर्थकारी विद्या।

ऋण करनेवाला पिता शत्रु है। व्यभिचारिणी माता शत्रु है। रूपवती पत्नी शत्रु हो जाया करती है तथा मूर्ख पुत्र शत्रु के समान ही होता है।

विद्योपार्जन तो किया हो, पर उसका अभ्यास न हो तो वह ठीक उसी प्रकार विष के समान है जिस प्रकार उदर खराब होने पर भोजन विष के समान होता है। दरिद्र के लिए सभा-समारोह और वृद्ध के लिए तरुणी पत्नी विष के समान है तथा किसी भी घर अथवा कुल या जाति में क्यों न उत्पन्न हुआ हो, यदि वह गुणवान् है तो उसकी पूजा होती ही है। अच्छे बाँस से बने धनुष में यदि डोरी न चढ़ी हो तो वह धनुष उसी प्रकार किसी काम का नहीं हो सकता, जिस प्रकार उच्च कुल में उत्पन्न होनेवाला मूर्ख पुत्र। जब वह विद्वानों की सभा में बैठा हो, वहाँ शास्त्र-चर्चा हो रही हो तो उसने यदि कुछ पढ़ा न हो तो उसको वहाँ पर उसी प्रकार

क्लेश तथा दु:ख होता है जैसे कीचड़ में धँसी हुई गाय को।

इन बातों के मन में आने पर राजा विचार करने लगा कि मैं अपने पुत्रों को किस प्रकार विद्वान् और गुणवान् बनाऊँ?

आहार, निद्रा, भय तथा मैथुन—ये सभी बातें मनुष्य तथा पशु में समान ही हैं। मनुष्य में यदि कोई विशेष बात है तो वह है धर्म। जो मनुष्य धर्म से हीन है उसे पशु के समान ही जानना चाहिए।

धर्म, अर्थ, काम तथा मोक्ष—इन चार पदार्थों में से जिसके पास एक भी पदार्थ न हो उसका जीवन उसी भाँति व्यर्थ है जैसे बकरी के गले में लटका हुआ स्तन रूपी मांस।

आयु, कर्म, धन, विद्या तथा मरण—इन पाँचों का विधान भगवान् उसी समय कर देता है जिस समय प्राणी अपनी माता के गर्भ में होता है।

जो होनी नहीं है वह कभी नहीं होगी और जो होनी है उसको किसी भी प्रकार टाला नहीं जा सकता है। यह बात चिंता रूपी विष को दूर करनेवाली ओषधि है। मानव को चाहिए कि वह इस ओषधि का पान कर ले।

भाग्य ही सबकुछ फल देनेवाला है। ऐसा जो कहते हैं, उनके विषय में यही मानना चाहिए कि वे कार्य करने में असमर्थ तथा आलसी हैं।

उद्यमी मनुष्य को चाहिए कि भाग्य की बात विचार कर भी अपना कर्म न छोड़े; क्योंकि तिलों में तेल विद्यमान होने पर भी यदि उनको पेरा नहीं जाएगा तो उनसे तेल किस प्रकार निकलेगा।

उद्यमी पुरुष रूपी सिंह को ही लक्ष्मी मिलती है। भाग्य में जो होगा वह मिलेगा, ऐसा तो केवल कायर लोग ही कहते हैं। मानव को चाहिए कि वह भाग्य की बात भूलकर अपनी शक्ति से भरपूर यत्न करे। इस प्रकार यत्न करने पर भी कार्य सिद्ध न हो तो फिर मनुष्य को चाहिए कि वह अपने पुरुषार्थ का निरीक्षण करे और देखे कि कहीं उसमें तो किसी प्रकार की कमी नहीं रह गई है। जैसे एक ही पहिए से रथ नहीं चल सकता, उसी प्रकार पुरुषार्थ के बिना भाग्य नहीं चल सकता।

पूर्वजन्म का किया हुआ कर्म ही इस जन्म में देव कहलाने लगता है। अत: निरस स्वभाव से पुरुषार्थ के साथ यत्न करते रहना चाहिए। जैसे कुम्हार गीली मिट्टी के लोंदे से जो चाहता है, बना लेता है। मनुष्य के अपने किए हुए कर्म उसको बनाते या बिगाड़ते हैं।

यदि किसीको सहसा धनराशि पड़ी हुई मिल जाए तो यह नहीं समझना चाहिए कि

उसका भाग्य उसको स्वयं चलकर दे गया। उठाकर ले जाने में भी मनुष्य को परिश्रम तो करना ही पड़ता है।

केवल सोचने-विचारने से ही कार्य की सिद्धि नहीं होती, उसके लिए पुरुषार्थ करना पड़ता है। सिंह बड़ा वीर होता है। उसके सोते रहने से उसके मुख में स्वयं हिरण आकर नहीं घुस जाएगा।

माता-पिता के समझाने-बुझाने और ठीक दिशा दिखाने पर ही बालक गुणी बन सकता है। माता के गर्भ से निकलते ही कोई बालक पंडित नहीं बन सकता।

जिस माता-पिता ने बाल्यकाल में अपनी संतान को पढ़ाया-लिखाया नहीं, वे माता-पिता उसके शत्रु के ही समान हैं। ऐसा अपठित मूर्ख बालक सभा के मध्य में उसी प्रकार शोभा नहीं देता, जिस प्रकार से हंसों के मध्य में बगुला।

कोई भले ही रूपवान् हो, युवा हो तथा बहुत बड़े कुल में उत्पन्न हुआ हो; परंतु यदि वह विद्याहीन है तो उसको उसी प्रकार समझना चाहिए, जिस प्रकार कि सुगंध से रहित पलाश के फूल।

चिंतन करते हुए उस राजा ने अपनी पंडित सभा बुलाई और अपनी व्यथा का वर्णन

करते हुए कहा, "मेरे पुत्र बड़े ही उद्धत तथा मूर्ख हैं। राजनीति तथा समाजनीति का उनको तनिक भी ज्ञान नहीं है। क्या आप लोगों में कोई ऐसे हैं जो मेरे उन राजकुमारों को नीतिशास्त्र में निपुण कर दें? सुनते हैं कि कंचन का संग पाकर काँच भी मरकत मणि की शोभा पाता है। उसी प्रकार सज्जनों का संग पाकर मूर्ख भी विद्वान् बन जाता है। हीन बुद्धिवालों के साथ रहने से विद्वान् भी बुद्धू हो जाता है। सम बुद्धिवालों का साथ करने से बुद्धि सम रहती है और विशेष बुद्धिवालों का साथ करने से अपनी भी बुद्धि प्रखर हो जाती है।"

राजा की पीड़ा का अनुभव कर बृहस्पति के समान समस्त नीतिशास्त्र के महापंडित विष्णु शर्मा ने कहा, "राजन्, मूर्ख और उद्धत होने पर भी आपके पुत्रों का जन्म उच्च कुल में हुआ है। मैं इनको नीतिशास्त्र का ज्ञान करा सकता हूँ। किसी भी उत्तम कुल में गुणविहीन संतान उत्पन्न नहीं हो सकती। पुखराज मणि की खान में काँच मणि हो ही नहीं सकती। इसलिए मैं छह मास के भीतर आपके पुत्रों को नीतिशास्त्र में पारंगत बना दूँगा।"

पंडित विष्णु शर्मा जैसे महान् विद्वान् का आश्वासन पाकर राजा सुदर्शन खिल उठे। उन्होंने गद्गद होकर सविनय कहा, "पुष्प की संगति पाकर तो उसमें बैठे नन्हे से कीट को भी महापुरुषों के मस्तक पर चढ़ जाने का अवसर मिल जाता है। महात्मा यदि पत्थर को भी प्रतिष्ठित कर देते हैं तो वह देवत्व प्राप्त कर लेता है। उदयाचल के संसर्ग में रहने के कारण वहाँ के तुच्छ पदार्थ भी कांतिमान होकर दमकने लगते हैं। इसी प्रकार सज्जनों की संगति में पहुँचकर दुर्जन और ओछे व्यक्ति भी सज्जन बन जाते हैं। मुझे पूर्ण विश्वास है कि आप मेरे पुत्रों को नीतिज्ञ और विद्वान् बना देंगे। आज से मैं अपने पुत्रों को आपके हाथों सौंपता हूँ।"

राजा सुदर्शन ने विष्णु शर्मा का विधिवत् पूजन किया और राजपुत्रों को उनके साथ कर दिया।

मित्र-लाभ

राजपुत्रों को लेकर पंडित विष्णु शर्मा राजभवन के ऊपरी खंड में जाकर आराम से बैठ गए। फिर बोले, ''कुमारो! बुद्धिमानों का समय काव्यशास्त्र का अध्ययन करने में जाता है और मूर्खों का समय दुःख में, निद्रा में या फिर लड़ाई-झगड़े में बीतता है। मैं आप लोगों के

मनोरंजन के लिए एक कौए और कछुए की रोचक कहानी सुनाता हूँ।''

राजकुमारों ने एक स्वर से कहा, ''भगवन्, अवश्य सुनाइए।''

विष्णु शर्मा बोले, ''एक श्लोक में कहा गया है कि साधनारहित और धन से हीन बुद्धिमान व्यक्ति भी प्रगाढ़ मित्रतावाले हों तो कौए, कछुए, चूहे और मृग की भाँति मिलकर तुरंत अपना काम बना लेते हैं।''

राजकुमारों ने प्रश्न किया, ''वह किस तरह?''

विष्णु शर्मा ने कहना आरंभ किया—

गोदावरी नदी के तट पर सेमल का एक बहुत बड़ा पेड़ था। उसपर रात को कितने ही पक्षी आकर बसेरा करते थे। एक दिन की बात है। रात बीत चली थी। भोर में ही पेड़ पर बसेरा लिये लघुपतनक नामक कौए की नींद टूटी। आँखें खोलते ही उसकी दृष्टि यमराज के समान भयानक एक बहेलिए पर पड़ी। वह जाल लिये सामने से चला आ रहा था।

उस बहेलिए को देखकर कौए का मन खराब हो गया। वह सोचने लगा, आज प्रात:काल उठते ही अपशकुन हो गया। न जाने क्या बीतेगी। वह व्याकुल होकर बहेलिए के पीछे-पीछे चल पड़ा।

बहेलिए का पीछा करते कौए ने देखा—उसने एक स्थान पर रुककर धरती पर चावल बिखेर दिए। फिर उनके ऊपर चतुराई से जाल बिछा दिया और स्वयं निकट ही छिपकर बैठ गया। कुछ ही देर बाद कबूतरों का राजा चित्रग्रीव दाने की खोज में अपने परिवार समेत आकाश से उड़ता हुआ उधर से गुजरा। उसने चावलों को बिखरा देखा। दूसरे कबूतरों ने भी चावल बिखरे देखे तो उनके मुँह में पानी आ गया।

यह अनुभव करके चित्रग्रीव ने कहा, ''तुम लोग इन चावलों को देखकर ललचा गए हो। परंतु इस बीहड़ वन में ये चावल कैसे आ गए? मुझे दाल में काला लगता है। इन चावलों के लालच में कहीं हमारी भी वही दशा न हो, जो सोने के कंगनों के लालच में उस पथिक की हुई थी। कंगन के लोभ में वह बेचारा दलदल में फँस गया और अवसर पाकर बूढ़ा बाघ उसको मारकर खा गया।''

कबूतरों ने पूछा, ''वह किस तरह?''

चित्रग्रीव कंगन और बाघ की कहानी सुनाने लगा—

लोभ बुरी बला

एक समय मैं दक्षिण के एक वन में विचरण कर रहा था, तब एक सरोवर के पास देखा—एक बूढ़ा बाघ सरोवर में नहाकर निकला तथा हाथ में कुशा लेकर कहने लगा, ''अरे जानेवालो! यह सोने का कंगन दान के रूप में लेते जाओ।''

पथिक उसकी बात सुनकर भी भय के कारण उसके पास नहीं जाते थे। लेकिन सभी एक समान नहीं होते। कुछ देर बाद एक लोभी पथिक ने बाघ की बात सुनी तो सोचने लगा कि भाग्य से असंभव भी संभव हो सकता है। लेकिन इसमें प्राण जाने का भय तो है। इससे दूर ही रहना ठीक है।

फिर मन में आया कि धन पाने में तो हर कहीं जोखिम होता है। कहा गया है कि जब तक मनुष्य संकट में नहीं पड़ता, तब तक उसको कल्याण नहीं दिखता। एक बार जब वह संकट का सामना कर लेता है और जीवित रह जाता है तो फिर उसे कल्याण-ही-कल्याण दिखने लगता है।

एक बार देखा तो जाए, यह सोचकर उसने बाघ से पूछा, ''कहाँ है वह कंगन?'' बाघ

ने हाथ फैलाकर सोने का कंगन दिखा दिया।

पथिक उसे देखकर लोभ में तो पड़ गया, लेकिन आशंका बनी रही। बोला, ''लेकिन तुम जैसे हिंसक जीव पर विश्वास कैसे किया जाए?''

बाघ बोला, ''अरे भाई, तुम्हारा कहना ठीक ही है। जवानी में मैंने बड़े-बड़े क्रूर कार्य किए हैं। मैंने बहुत से ब्राह्मणों और गौओं का वध किया है। उसका परिणाम यह हुआ कि असमय में ही मेरे बेटे मर गए और मेरी पत्नी भी चल बसी। इससे मेरे हृदय पर गहरा आघात लगा। मैं वंशविहीन हो गया। तभी मुझे एक धर्मात्मा के दर्शन हुए। उन्होंने ही मुझे उपदेश दिया कि कुछ दान-पुण्य किया करो। उस दिन से मैं प्रतिदिन स्नान करता हूँ। फिर दान किया करता हूँ। वैसे भी मैं अब वृद्ध हो गया हूँ। अब तो मेरे नाखून और दाँत भी बेकार हो गए हैं। क्या इस दशा में भी मुझपर विश्वास नहीं किया जा सकता? अब तो मेरा मन धर्म-कर्म में ही रम गया है। मैंने शास्त्रों का अध्ययन भी किया है। सुनो, महाभारत में भी पितामह ने युधिष्ठिर को उपदेश देते हुए कहा था, 'युधिष्ठिर! सज्जन पुरुष सबको अपने ही समान समझकर सभी प्राणियों पर दया करते हैं।' जो सब प्राणियों के दुःख को अपने दुःख के समान समझता है, वास्तव में वही पंडित है। तुम दुखी दिखाई दे रहे हो, इसलिए तुम्हें कंगन देकर मुझे सचमुच प्रसन्नता होगी। आप निश्चिंत होकर आइए और सरोवर में स्नान करके कंगन का दान ग्रहण कीजिए।''

लोभी पथिक बाघ की बातों में आ गया। लेकिन वह जैसे ही स्नान करने के लिए सरोवर में उतरा, गहरे दलदल में फँस गया। उसने बड़े हाथ-पैर मारे, किंतु सब व्यर्थ।

उसे फँसा देखकर बाघ हँसकर बोला, ''अरे, आप तो दलदल में फँस गए। ठहरिए, मैं आपको अभी बाहर निकालता हूँ।''

इतना कहकर बाघ धीरे-धीरे पथिक के पास पहुँचा और उसे धर दबोचा।

उस समय पथिक सोचने लगा—जो लोग अपने मन को वश में नहीं रख सकते, उनकी यही दशा होती है।

उसे सरोवर से बाहर निकालकर बाघ ने मारा और खाकर डकार लेता हुआ चलता बना।

□

कहानी सुनाने के बाद राजा चित्रग्रीव बोला, ''इसीलिए मैं कहता हूँ कि कभी बिना विचारे कोई कार्य नहीं करना चाहिए।''

लेकिन चित्रग्रीव की यह बात सुनकर एक अभिमानी कबूतर कहने लगा, ''आप यह क्या कहते हैं! इस प्रकार विचार करने लगें, फिर तो भोजन मिलना ही कठिन हो जाएगा। शंका तो पग-पग पर लगी रहती है। लेकिन हर जगह खतरा-ही-खतरा देखें तो फिर अन्न-जल सब छोड़कर भूखों मरना पड़ेगा।''

इतना सुनना था कि सभी कबूतर उसी स्थान पर उतर पड़े, जहाँ चावल बिखरे थे।

लालच ऐसी बला है कि उसके बस में होकर अच्छे-अच्छे विद्वान् भी संकट में पड़ जाते हैं।

यह तो सभी ज़ानते हैं कि स्वर्णमृग होना असंभव है; तो भी राम जैसे मर्यादा पुरुषोत्तम स्वर्णमृग के लिए ललचा गए। विपत्तिकाल उपस्थित होने पर समझदार व्यक्ति की भी बुद्धि नष्ट हो जाती है।

चावलों पर बैठते ही सभी कबूतर बहेलिए के जाल में फँस गए। तब वे जिस घमंडी कबूतर के कहने से वहाँ बैठे थे, उसको भला-बुरा कहने लगे। यदि कार्य में किसी प्रकार की बाधा आ जाए तो अगुआ ही सबसे पहले मारा जाता है।

लेकिन कबूतरों के राजा चित्रग्रीव ने कहा, ''विपत्ति में घबराकर एक-दूसरे पर दोष लगाना ठीक नहीं। इस समय तो अपनी जान बचाने की सोचो। आलस्य और क्रोध छोड़कर बुद्धि से काम लो। सब मिलकर एक साथ जोर लगाओ और जाल सहित उड़ चलो।''

सब कबूतरों ने एक साथ जोर लगाया और जाल को उठाकर उड़ चले। बहेलिए ने यह देखा तो वह भी उनके पीछे-पीछे दौड़ने लगा।

बहेलिया सोच रहा था कि इस समय तो इन कबूतरों में उत्साह है, ये संगठित हैं; लेकिन जब भूख से व्याकुल होकर थक जाएँगे तो स्वयं ही गिरकर मेरे हाथ लग जाएँगे।

बहेलिए ने बहुत दूर तक उन कबूतरों का पीछा किया; किंतु जब वे जाल को लेकर आँखों से ओझल हो गए तो निराश होकर लौट आया। कबूतरों ने जब देखा कि बहेलिया लौट गया तो वे विचार करने लगे कि अब क्या किया जाए।

इस अवसर पर चित्रग्रीव बोला कि ''माता-पिता और मित्र—ये तीनों स्वभाव से ही हितकारी होते हैं। इनके अतिरिक्त जो अन्य लोग शुभचिंतक बनते हैं वे कार्य और कारणवश ही बना करते हैं। ऐसे समय में तो मित्र ही काम आते हैं। हिरण्यक नाम का एक चूहा मेरा परम मित्र है। वह गंडकी नदी के तट पर चित्रवन में रहता है। उसके पास चलें तो वह यह फंदा काट डालेगा।''

यह सुनकर कबूतर जाल को लिये हुए हिरण्यक चूहे के बिल के पास पहुँच गए।

हिरण्यक बड़ा समझदार था। उसने अपने बिल के सौ द्वार बना रखे थे; जिससे कि विपत्ति आने पर वह उपयुक्त द्वार से बाहर निकलकर अपने प्राणों की रक्षा कर सके। कबूतर जब जाल को लेकर हिरण्यक के बिल के पास उतरे तो वह उनकी आहट पाकर बिल में दुबककर बैठ गया।

हिरण्यक बाहर नहीं निकला तो चित्रग्रीव ने उसको पुकारते हुए कहा, "मित्र हिरण्यक! क्या बात है, आप बाहर क्यों नहीं निकलते? हमसे बोलते क्यों नहीं?"

हिरण्यक ने मित्र के स्वर को पहचाना तो बिल के बाहर आ गया। चित्रग्रीव को देखकर उसने कहा, "ओह! मैं तो बड़ा ही पुण्यवान् हूँ, जो आज मेरे घर मेरा मित्र आया है।"

उसने जब ध्यान से देखा तो पाया कि चित्रग्रीव सहित सभी कबूतर जाल में फँसे हुए हैं। यह देखकर उसको बड़ा आश्चर्य हुआ। उसने पूछा, "मित्र, यह क्या हुआ?"

चित्रग्रीव बोला, "मित्र! यह तो अपने ही दोष का फल है। जैसा किया वैसा ही पाया।"

हिरण्यक तुरंत चित्रग्रीव का बंधन काटने के लिए आगे बढ़ा। लेकिन चित्रग्रीव ने कहा, "मित्र! ऐसे नहीं। जो मेरे आश्रित हैं, पहले तुम उनके बंधन काटो। बाद में मेरे बंधन

काटना।''

हिरण्यक कहने लगा, ''मुझमें बल ही कितना है! फिर मेरे दाँत भी कोमल हैं। मैं इन सबके बंधन किस प्रकार काट पाऊँगा? पहले मैं आपका बंधन काटे देता हूँ। फिर मुझमें जितना सामर्थ्य होगा, इनके बंधन भी काट दूँगा!''

चित्रग्रीव बोला, ''नहीं, ऐसे नहीं। पहले इनके ही बंधन काटिए।''

हिरण्यक ने कहा, ''आप अपने विषय में इस प्रकार उदासीन होकर अपने आश्रितों की रक्षा का विचार कर रहे हैं। यह तो नीतिशास्त्र के सर्वथा विरुद्ध है। जो अपनी रक्षा करता है, उसने किसकी रक्षा नहीं की!''

चित्रग्रीव ने कहा, ''मित्र! नीति तो ऐसा ही कहती है। किंतु अपने आश्रितों का दुःख सहने में मैं सर्वथा असमर्थ हूँ, इसीलिए मैं ऐसा कहता हूँ। समझदार व्यक्ति का कर्तव्य है कि दूसरों के हित के लिए वह अपने धन और जीवन को भी त्याग दे। वैसे तो ये भी कबूतर हैं और मैं भी कबूतर हूँ। हम समान ही तो हैं। तब फिर यदि मैं इस समय अपने ही बंधन पहले कटवाने लग जाऊँ तो मेरे बड़प्पन का क्या लाभ! ये बेचारे बिना किसी लोभ के हमारा साथ देते हैं इसलिए मेरे प्राण की चिंता न करके पहले मेरे इन आश्रित जनों को ही जीवनदान दो।''

हिरण्यक प्रसन्न होकर बोला, ''मित्र! ठीक है। इतने ऊँचे भावों के कारण तो तुम तीनों लोकों के अधिपति हो सकते हो।''

वह पहले चित्रग्रीव के आश्रितों के बंधन काटने लगा। सब कबूतरों के फंदे काटने के बाद अंत में उसने अपने मित्र चित्रग्रीव के बंधन भी काट डाले। फिर उसने कहा, ''मित्र

चित्रग्रीव! बहेलिए के जाल में बँध जाने के दोष पर आप किसी प्रकार की ग्लानि का अनुभव न करना। विपत्ति किसपर नहीं आती!"

इस प्रकार उनको समझाकर हिरण्यक ने उनका सत्कार किया। फिर उसने चित्रग्रीव का आलिंगन करके उन सबको बिदा किया। चित्रग्रीव परिवार सहित अपने स्थान की ओर उड़ चला। हिरण्यक उन्हें दूर तक जाता देखता रहा। वे आँखों से ओझल हो गए तो वह भी अपने बिल में घुस गया।

लघुपतनक कौआ यह सब देख रहा था। उसने चित्रग्रीव और हिरण्यक की सारी बातें भी सुनीं। वह विस्मय के साथ हिरण्यक के बिल पर जाकर बोला, "भाई हिरण्यक, तुम धन्य हो! मैं भी तुम्हारे साथ मित्रता करना चाहता हूँ।"

हिरण्यक ने बिल के भीतर से ही पूछा, "आप कौन हैं?"

"मैं लघुपतनक नाम का काग हूँ।"

हिरण्यक हँस पड़ा। बोला, "तुम्हारे साथ भला मेरी मित्रता किस प्रकार हो सकती है! शास्त्रों में कहा गया है कि समझदार को चाहिए कि जिसके साथ मेल बैठता हो उसके साथ ही मित्रता करनी चाहिए। मैं तो तुम्हारा भोजन हूँ और तुम मेरे भक्षक हो; फिर हम दोनों में किस प्रकार प्रीति हो सकती है? भक्ष्य और भक्षक की प्रीति तो विपत्ति का ही कारण बन सकती है। एक सियार ने ऐसे ही मित्र बनकर हिरन को फँसा लिया था। फँसे हिरन को एक चतुर कौए ने बचा लिया था। सियार ने तो हिरन का अनिष्ट कर ही दिया था।"

काग बोला, "सौ कैसे?"

हिरण्यक बोला, "सुनाता हूँ, सुनो।"

मित्रता बराबरी की भली

मगध देश में चंपकवती नाम का एक वन है। उसमें चिरकाल से एक कौआ और एक मृग बड़े मित्र भाव से रहते आ रहे थे। स्वच्छंद विचरण और भरपेट भोजन करता हुआ वह मृग बड़ा ही हृष्ट-पुष्ट हो गया था। उसपर एक सियार की दृष्टि पड़ गई। वह सोचने लगा कि इस मृग का स्वादिष्ट मांस किस प्रकार खाया जाए?

बहुत सोचने के बाद कपटी सियार को एक युक्ति सूझ ही गई। वह मृग के पास जाकर

बोला, "मित्र, नमस्कार। कहो, आनंद से तो हो?"

मृग ने उसकी ओर देखा। पूछा, "कौन हो तुम?"

"मैं क्षुद्रबुद्धि नाम का सियार हूँ। इस वन में मित्रहीन होने के कारण एक प्रकार से मृतक समान ही रह रहा हूँ। अतः आज आप सदृश मित्र को पाकर एक प्रकार नए जीवन-लाभ का अनुभव करने लगा हूँ। अब मैं आपके साथ ही रहूँगा।"

भोलाभाला मृग बोला, 'अच्छा, ठीक है।"

सूर्य अस्त होने पर वे दोनों वहाँ पहुँचे जहाँ मृग का निवास था। मृग एक पेड़ के समीप रहता था। उसी चंपक बृक्ष की एक शाखा पर सुबुद्धि नाम का कौआ भी अपना घोंसला बनाकर रहता था। कौए और मृग में प्रगाढ़ मित्रता थी।

सुबुद्धि काग ने चित्रांग मृग के साथ एक सियार को आते देखा तो उससे पूछने लगा, "मित्र! यह दूसरा कौन है?"

मृग ने कहा, "मित्र! यह क्षुद्रबुद्धि सियार है। अकेला ही है। अब हमारे साथ मित्रता करने की अभिलाषा से यहाँ आया है।"

काग बोला, "लेकिन सहसा आए हुए ऐसे ही किसीके साथ भी मित्रता नहीं कर लेनी चाहिए। जिसके कुल-शील के विषय में कुछ भी पता न हो, उसे कभी आश्रय नहीं देना चाहिए। ऐसे ही एक अपरिचित बिलाव के अपराध से बेचारे बूढ़े गिद्ध को जान से हाथ धोना पड़ा था।"

यह सुनकर उन दोनों ने पूछा, "किस प्रकार?"

कौआ उन्हें गिद्ध की कहानी सुनाने लगा—

वृद्ध गिद्ध और दीर्घकर्ण बिलाव

गंगा नदी के किनारे गृध्रकूट पहाड़ पर पाकड़ का एक बहुत बड़ा वृक्ष था। उसके कोटर में जरद्गव नाम का एक गिद्ध रहा करता था। गिद्ध बेचारा जब वृद्ध हुआ तो उसके पंजे के नाखून झड़ गए और आँखें भी जाती रहीं। पाकड़ के उस वृक्ष पर और भी अनेक पक्षी रहा करते थे। वे सभी अपने भोजन में से थोड़ा-थोड़ा उसको दे दिया करते थे। इस प्रकार उसका निर्वाह हो जाता था। गिद्ध उनके बच्चों की देख-रेख कर दिया करता था।

एक बार दीर्घकर्ण नाम का एक बिलाव उधर आ निकला। उसने देखा कि वृक्ष पर तो अनेक पक्षी रहते हैं। पक्षियों को खाने की इच्छा से वह वृक्ष के समीप आ गया।

उस भयंकर बिलाव को आता देखकर पक्षियों के बच्चे डर के मारे चीखने-चिल्लाने लगे। गिद्ध ने उनका चिल्लाना सुनकर जोर से पूछा, "कौन है?"

बिलाव ने गिद्ध को देखा तो भय से काँप उठा। मन में बोला, हाय! अब तो मैं ही मारा गया! लेकिन भय से तभी तक डरना चाहिए, जब तक वह सामने न आ जाए। जब वह सामने आ ही खड़ा हो तो फिर बुद्धिमान को चाहिए कि उससे बचने का उपाय करे। अब मैं भाग तो सकता नहीं, अब जो कुछ होना है, हो ही जाए। पहले इस गिद्ध का विश्वास जीतने के लिए उसके समीप जाता हूँ।

पास पहुँचकर वह आदर दिखाता हुआ बोला, ''आर्य, मैं आपको प्रणाम करता हूँ।''

गिद्ध ने पूछा, ''कौन हो तुम?''

उसने कहा, ''मैं दीर्घकर्ण बिलाव हूँ।''

''दूर हट! नहीं तो मैं तुझे मार डालूँगा।''

बिलाव बोला, ''आप मेरी बात तो सुन लीजिए। उसके बाद भी यदि आप उचित समझें तो मुझे मार डालिएगा। क्या कोई किसी जाति विशेष का होने के कारण ही कहीं मारा या पूजा जा सकता है? समझदार को चाहिए कि उसको अथवा उसके व्यवहार को भलीभाँति समझ-परखकर ही उसे मारे अथवा उसकी पूजा करे।''

गिद्ध ने कहा, ''साफ-साफ बताओ, तुम किस मतलब से यहाँ आए हो?''

बिलाव ने कहा, ''मैं भी यहीं गंगा के तीर पर रहता हूँ। नित्य गंगास्नान करता हूँ। ब्रह्मचारी हूँ और नियम से मैं चांद्रायण व्रत कर रहा हूँ। अत: मैंने मांस खाना भी छोड़ दिया है। यहाँ के सभी पक्षी आपकी बड़ी प्रशंसा करते हैं। कहते हैं कि आप बड़े धर्मात्मा हैं। ज्ञानी हैं। आप पर भरोसा किया जा सकता है। आप जैसे ज्ञानी महानुभाव से मैं धर्म का मर्म सुनने के लिए यहाँ आ गया था। आप तो ऐसे धर्मज्ञ निकले कि घर आए अतिथि को ही मारने पर तुल गए! गृहस्थों के धर्म में तो कहा गया है कि घर में आए वैरी का भी आतिथ्य किया जाना चाहिए। सज्जन पुरुष तो गुणहीन प्राणियों पर भी दया ही करते हैं। अतिथि को सर्वदेवमय माना गया है।''

गिद्ध बोला, ''भाई! तुम तो बिलाव हो। स्वभाव से ही मांसाहारी। इस पेड़ पर पक्षियों के नन्हे-नन्हे बच्चे हैं।''

यह सुनकर बिलाव ने पृथ्वी का स्पर्श किया। फिर कान पकड़कर कहने लगा, ''मैंने धर्मशास्त्र को सुनकर वैराग्य लिया है। शास्त्रों में विभिन्न विषयों पर भले ही मतभेद हों; परंतु अहिंसा सर्वश्रेष्ठ धर्म है, इस विषय पर तो सभी एकमत हैं।''

तरह-तरह की बातें बनाकर अंत में बिलाव ने गिद्ध को विश्वास दिला ही दिया और

उसको वहाँ शरण मिल गई।

कुछ दिन वहाँ बीत जाने पर बिलाव पक्षियों को पकड़कर चुपचाप अपने कोटर में लाने लगा और उन्हें मारकर पेट भरने लगा।

अंधा होने से गिद्ध को कुछ दिखाई नहीं देता था। लेकिन जिन पक्षियों के बच्चे मारे जाते थे, उन्होंने चीखना-चिल्लाना शुरू किया। फिर भी जब बच्चे गायब होते रहे तो उन्होंने खोज प्रारंभ कर दी।

बिलाव ने बात बिगड़ती देखी तो एक दिन चुपचाप कोटर से निकलकर भाग गया। पक्षियों को चैन नहीं था। उन्होंने उसके कोटर की तलाशी ली तो एक कोने में हड्डियाँ दिखाई दीं।

पंचायत हुई। सबका यही मत था कि उस बूढ़े गिद्ध ने ही इन बच्चों को मारकर खाया होगा। पक्षियों को इतना क्रोध आया कि गिद्ध से बिना कुछ पूछे-ताछे मार-मारकर उसके टुकड़े कर डाले।

□

यह कथा सुनाकर सुबुद्धि काग बोला, ''इसीलिए कहता हूँ कि अज्ञात व्यक्ति के साथ सहसा मित्रता नहीं करनी चाहिए।'' यह सुनकर सियार को गुस्सा आ गया। उसने कहा, ''जिस दिन आपकी मृग से पहली-पहली भेंट हुई थी, उस दिन क्या उसको तुम्हारा कुल-शील ज्ञात था? नहीं न, फिर आप लोगों का परस्पर प्रेम दिन-प्रतिदिन कैसे बढ़ता गया? अपने-पराए का भेद तो ओछी बुद्धि के लोग ही किया करते हैं। जो उदार चरित्र के होते हैं, उनके लिए तो पृथ्वी के सारे निवासी कुटुंब के तुल्य होते हैं। यह मृग मेरा मित्र है। उसी प्रकार आप भी मेरे मित्र हुए।''

मृग बोला, ''इस प्रकार वाद-विवाद करने से क्या लाभ? हम सबको मिल-जुलकर आनंद से एक साथ रहना चाहिए। न तो कोई किसीका मित्र है, न शत्रु। व्यवहार से ही कोई मित्र बन जाता है, कोई शत्रु।''

काग ने जब देखा कि मृग उसकी बात नहीं सुनता तो बोला, ''ठीक है। ऐसा ही सही।''

तीनों ने रात उसी पेड़ के आश्रय में एक साथ काटी। और भोर होने पर वे आहार की खोज में अलग-अलग दिशाओं में निकल गए। रात को फिर वहीं एकत्र होते और मधुर स्वर में एक-दूसरे का हाल कहते-सुनते।

पर सियार को चैन कहाँ। उसको तो किसी तरह मृग का मांस खाने की पड़ी थी। एक दिन उसने एकांत पाकर मृग से कहा, ''मित्र! इस वन में ही जरा आगे अन्न से भरा-पूरा एक हरा-भरा खेत है। चलो, मैं तुमको खेत दिखाए देता हूँ।''

वास्तव में एक छोर पर हरी-भरी फसल से लहलहाता खेत था। फिर तो मृग नित्य ही वहाँ जाता और अन्न की हरी-हरी कोंपलें चरता। एक दिन खेत के स्वामी ने उसे खेत में चरते देख लिया। उसने मृग को पकड़ने के लिए वहाँ जाल लगा दिया।

दूसरे दिन मृग चरने के लिए आया तो जाल में फँस गया। वह सोचने लगा, इस जाल से तो अब मुझे कोई मित्र ही छुड़ा सकता है। अन्य कौन छुड़ाएगा?

उसी समय सियार उधर आ पहुँचा। मृग को जाल में फँसा देखकर वह मन-ही-मन हर्षित हुआ। सोचने लगा कि मेरी चाल आखिर सफल रही। अब इस खेत का स्वामी इसको मारकर इसकी खाल खींचेगा तो इसके लहू-मांस से सनी हुई हड्डियाँ तो मुझे चूसने को मिल ही जाएँगी। भरपेट आहार मिलेगा।

मृग ने सियार को आते देखा तो प्रसन्न होकर बोला, ''मित्र! तुरंत मेरे बंधन काटकर मुझे इस आफत से बचाओ।''

विपत्ति काल में मित्र की परीक्षा होती है। जो आफत-विपद में साथ खड़ा हो, वही सच्चा मित्र है।

लेकिन सियार को मित्रता की क्या परवाह। वह बार-बार जाल को देखकर बोला,

''यह जाल तो ताँत से बनाया गया है। आज रविवार है और मेरा व्रत है, सो मैं इसको आज दाँत से नहीं छू सकता, मित्र! तुम अन्यथा न समझना। सवेरा होने पर जैसा तुम कहोगे, मैं वैसा ही करूँगा।''

और वह पास ही झाड़ी में छिपकर बैठ गया। उसे तो अपने ही अवसर की प्रतीक्षा थी। उधर जब रात घिर आई, फिर भी मृग अपने स्थान पर नहीं लौटा तो सुबुद्धि काग को चिंता व्यापी। वह इधर-उधर देखने लगा। जब मृग उस वृक्ष के निकट कहीं भी दिखाई नहीं दिया तो काग उसकी खोज में निकल पड़ा। उड़ते-उड़ते उसने मृग को खेत में जाल में फँसा देख ही लिया।

उसने पूछा, ''मित्र, यह क्या हुआ?''

लज्जित-सा होकर दुखी मृग बोला, ''मैंने उस दिन आप जैसे परम हितैषी मित्र की बात नहीं मानी, उसीका फल भुगत रहा हूँ।''

कौआ बोला, ''कहाँ है वह धूर्त सियार?''

''मेरे मांस के लोभ में यहीं कहीं छिपा बैठा होगा।''

''मैंने तो पहले ही कह दिया था कि ये मिठबोले पक्के ठग होते हैं। तुम्हारा विश्वास जीतकर वह पापी तुम्हारी जान लेने का उपाय कर रहा था।''

सवेरे खेत का स्वामी लाठी लेकर आ धमका। काग ने उसे दूर से ही देख लिया। उसने चिंतित होकर मृग से कहा, ''मित्र, तुम जल्दी से साँस भरकर अपना पेट फुला लो और हाथ-पाँव ढीले छोड़कर इस तरह पड़े रहो कि लगे, तुम निर्जीव पड़े हो। तुम्हें मरा समझकर किसान जाल के

फंदे खोलेगा। वह खोल चुकेगा तो मैं संकेत करूँगा। तब तुम कुलाचें भरते हुए दूर भाग जाना।''

मृग ने वैसा ही किया।

खेत का स्वामी मृग के पास आया तो उसे निष्प्राण देखकर बोला, ''ओह! यह तो अपने आप ही चल बसा!''

उसने बंधन खोल दिए और जाल को समेटने लगा। उसी समय काग ने संकेत किया और मृग उछलकर भाग खड़ा हुआ।

उसे भागते देख किसान ने मारने के लिए अपना डंडा उसकी ओर फेंका। डंडा मृग को तो लगा नहीं, वहीं पास में छिपे सियार को जाकर लगा और कपटी सियार वहीं ढेर हो गया।

□

हिरण्यक चूहा बोला, ''इसीलिए मैं कहता हूँ कि भक्ष्य-भक्षक की प्रीति संभव नहीं।''

लघुपतनक बोला, ''अरे भाई! मैं तुमको खा भी जाऊँ तो उससे क्या होने वाला है! मेरा पेट तो भरेगा नहीं। मैं तो आपसे वैसी ही मित्रता चाहता हूँ, जैसीकि चित्रग्रीव के साथ है।''

हिरण्यक ने कहा, ''आपका तो स्वभाव भी चंचल है। चंचल प्राणी के साथ कभी भी प्रेम नहीं करना चाहिए। यदि कोई दुर्जन परम विद्वान् हो तो भी उससे मित्रता नहीं करनी चाहिए; क्योंकि जिस सर्प के सिर पर मणि होती है, वह तो और भी भयंकर विषधर होता है।''

यह सुनकर लघुपतनक बोला, ''मैंने आपकी सारी नीति-भरी बातें सुन लीं; लेकिन इससे तो आपके साथ मित्रता करने का मेरा विचार और भी दृढ़ हो गया है। अब तो कुछ भी हो, मैं आपकी मित्रता प्राप्त करके ही रहूँगा। नहीं तो यहीं उपवास करके अपनी जान दे दूँगा। तुम्हारे जैसा ईमानदार और सुख-दुःख में साथ निभानेवाला अनुकूल मित्र और कहाँ मिल सकता है!''

लघुपतनक के दृढ़ संकल्प और नीतिकुशलता पर मुग्ध होकर हिरण्यक तुरंत बिल से बाहर निकल आया। वह लघुपतनक की पूरी परख कर चुका था। अब उसे साधारण, लालची और चालाक कौआ न समझकर उसपर पूरा विश्वास हो गया था। बाहर आकर वह मुग्ध कंठ से बोला, ''तुम्हारी मधुर वाणी सुनकर मैं गद्‌गद हो गया हूँ। तुम एकदम निश्छल भाव से मित्र बनना चाहते हो। निष्कपट व्यक्ति की मित्रता और ही होती है। इसलिए तुम जैसा चाहते हो, वैसा ही हो आज से हम दोनों मित्र हुए।''

इस प्रकार उन दोनों की मित्रता हो गई। तब हिरण्यक ने विविध प्रकार के व्यंजनों से लघुपतनक का आतिथ्य किया। कौए को संतुष्ट करके हिरण्यक अपने बिल में घुस गया। कौआ भी उड़कर अपने स्थान को चला गया।

उस दिन से उन दोनों में निरंतर मिलना-मिलाना और खिलाना-पिलाना चलने लगा। दोनों एक-दूसरे की कुशलता का ध्यान रखते। समय-समय पर गोष्ठी भी करते रहते। इस प्रकार उन दोनों का समय सुख से बीतने लगा।

एक दिन लघुपतनक ने हिरण्यक से कहा, ''मित्र! अब तो यहाँ भोजन मिलना कठिन हो गया है। अतः इच्छा होती है कि इस स्थान को छोड़कर कहीं और चला जाए।''

हिरण्यक ने पूछा, ''कहाँ जाओगे? कहा गया है कि बुद्धिमान मनुष्य एक पैर से चलता है तो दूसरे से टिकता है। इसलिए जब तक कोई दूसरा अच्छा स्थान न देख लिया जाए, तब तक पहला स्थान कभी नहीं छोड़ना चाहिए।''

कौआ कहने लगा, ''स्थान तो मेरा देखा हुआ है।''

''कहाँ है वह?''

''दंडकवन में कर्पूरगौर नाम का एक सरोवर है। वहाँ मेरा एक पुराना मित्र मंथरक नाम का एक धर्मात्मा कछुआ रहता है।'' लघुपतनक बोला, ''मेरा वह मित्र भाँति-भाँति के भोजन देकर मेरा सत्कार करेगा।''

हिरण्यक बोला, ''यदि तुम जा रहे हो तो मैं अकेला यहाँ रहकर क्या करूँगा? जिस देश में न सम्मान हो, न जीविका का साधन, न कोई भाई-बंधु हों और न विद्या की ही प्राप्ति हो, तो वह देश त्याग देना चाहिए। इसलिए मुझे भी अपने साथ वहीं ले चलो।''

इस प्रकार निश्चय हो जाने पर लघुपतनक अपने मित्र हिरण्यक को साथ लेकर मार्ग में भाँति-भाँति की बातें करता

हुआ दंडकवन में कर्पूरगौर सरोवर के पास जा पहुँचा।

मंथरक ने दूर से ही अपने मित्र लघुपतनक को आते देखा तो उसके स्वागत के लिए आगे बढ़ा। उसने पहले अपने मित्र लघुपतनक को और फिर हिरण्यक को गले लगाया।

लघुपतनक कहने लगा, ''मित्र मंथरक! मेरे इस मित्र का विशेष सत्कार कीजिए। यह चूहों के राजा हिरण्यक बड़े ही पुण्यात्मा तथा दया के सागर हैं। भगवान् शेषनाग भी यदि अपनी दो हजार जिह्वाओं से इनके गुणों का वर्णन करें तो कर नहीं पाएँगे।''

लघुपतनक ने सारी कहानी मंथरक को सुना दी कि हिरण्यक ने किस प्रकार अपने मित्र कबूतरों के राजा चित्रग्रीव और उसके परिवार की जान बचाई थी। इसी घटना से प्रभावित होकर उसने हिरण्यक से मित्रता का आग्रह किया था।

यह सुनकर मंथरक ने बड़े आदर के साथ हिरण्यक का सत्कार किया। फिर बोला, ''मित्र! इस निर्जन वन में अपने आने का कारण तो बताइए।''

हिरण्यक आपबीती सुनाने लगा—

संन्यासी की चिंता

चंपक नाम की एक नगरी में संन्यासियों का एक मठ था। उस मठ में चूड़ाकर्ण नाम का एक संन्यासी रहा करता था। भिक्षा में प्राप्त अन्न में खाने-पीने के बाद जो बच जाता था, चूड़ाकर्ण रात को सोते समय उसे एक पात्र में रखकर खूँटी पर टाँग दिया करता। उसीके नीचे अपना आसन बिछाकर वह सो जाया करता था। मुझे उस स्थान का पता चल गया। मैं नित्य वहाँ जाता और कूदकर पात्र तक पहुँच जाता और आनंद से उसमें रखा भोजन पेटभर खा लेता। इससे संन्यासी को कष्ट होने लगा। उसने मुझे भगाने के लिए बाँस की एक लठिया का प्रबंध किया। तो भी उसके सो जाने पर मैं रोज अन्न खा जाया करता था।

कुछ दिनों बाद उसका एक मित्र वीणाकर्ण नाम का संन्यासी उससे मिलने के लिए आया। रात में भोजन समाप्त करके चूड़ाकर्ण ने शेष भोजन रोज की तरह उसी प्रकार पात्र में रखकर टाँग दिया। उसके नीचे आसन लगाकर दोनों संन्यासी लेट गए और बातें करते रहे। समय-समय पर चूड़ाकर्ण मुझे डराने के लिए लाठी को दीवार पर खटखटा दिया करता था।

यह देखकर वीणाकर्ण ने नाराज होकर कहा, ''मित्र, बीच-बीच में तुम यह क्या किया

करते हो? तुम्हारा मन मुझसे बात करने में नहीं लग रहा है।''

''नहीं मित्र, ऐसी बात नहीं है। मैं तुम्हारी बात ध्यानपूर्वक सुन रहा हूँ; किंतु इस अपकारी चूहे को तो देखो, मेरा एकत्रित किया हुआ भिक्षान्न यह रोज चट कर जाता है। उसीके कारण मैं रह-रहकर लाठी पटकता रहता हूँ।''

वीणाकर्ण उठा। उसने खूँटी पर टँगे पात्र को देखा। फिर कहने लगा, ''किंतु चूहे में तो बहुत कम बल होता है। फिर वह इतनी ऊँचाई तक किस प्रकार कूद जाया करता है? अवश्य इसमें कोई भेद है।''

किसी साधारण-से चूहे में इतना बल होने का कोई विशेष कारण अवश्य होगा।

वीणाकर्ण इस बात पर बड़ी देर तक विचार करता रहा। फिर बोला, ''संभवतः धन ही इसका कारण हो। संसार में धनवान व्यक्ति सदा से बलवान रहे हैं। धन ही प्रभुता का मूल होता है। राजाओं की प्रभुता का कारण भी धन ही तो होता है।''

यह विचार कर उसने कुदाली हाथ में ली और अपने साथी को लेकर मेरा बिल खोद डाला। वहाँ उसको मेरा चिरसंचित सारा धन मिल गया। वह सारा धन उसने ले लिया।

उसी दिन से मैं शक्तिहीन होकर भोजन जुटाने में भी लाचार हो गया। तो भी मैं रोज वहाँ जाता और छलाँग भी लगाता; किंतु अब लाख प्रयास करके भी उस पात्र तक नहीं पहुँच पाता था। निराश होकर मैं भूखा ही लौट आया करता था।

एक दिन मैं भयभीत-सा वहाँ से लौट रहा था तो चूड़ाकर्ण मेरी उस हालत को देखकर

कहने लगा, ''सच्ची बात है कि इस संसार में कोई भी धन से ही ताकतवर होता है और धन से ही वह पंडित कहलाता है। जरा इस दुष्ट चूहे को तो देखो, धन चले जाने पर यह भी अपनी जातिवालों जैसा ही डरपोक हो गया है। जिस व्यक्ति के पास धन-दौलत नहीं होती और जिस व्यक्ति की बुद्धि मंद होती है, उसके सारे क्रिया-कलाप ठप हो जाते हैं। जिसके पास धन होता है उसके लिए ही मित्र हुआ करते हैं। जिसके पास धन होता है, बंधु-बांधव भी उसीके पास रहते हैं। दुनिया में उसीको श्रेष्ठ पुरुष माना जाता है, जिसके पास धन होता है और उसीको विद्वान् भी माना जाता है, जिसके पास धन होता है।''

चूड़ाकर्ण की बात सुनकर मैंने सोचा कि मेरा अब यहाँ रहना उचित नहीं है। मुझे यह भी अच्छा नहीं लगा कि हर एक को अपनी व्यथा-कथा सुनाता फिरूँ। मैंने किसीसे भी इस संबंध में कुछ नहीं कहा।

जिसका भाग्य विपरीत हो गया हो और जिसका परिश्रम और आत्मबल भी काम न आए, ऐसे विद्वान् किंतु दरिद्र व्यक्ति को वन के अलावा और कहाँ ठौर मिल सकता है!

जब व्यक्ति में पुरुषार्थ नहीं रह जाता तो वह सर्वत्र अपमानित होने लगता है। अपमान और क्षोभ के कारण ऐसा व्यक्ति शोकग्रस्त हो जाता है। उसकी बुद्धि नष्ट हो जाती है और जब मनुष्य की बुद्धि नष्ट हो जाती है तो अंततः वह स्वयं ही नष्ट हो जाता है। दरिद्रता सारे दुःखों की जड़ है।

मैंने दोबारा उस धन को प्राप्त करने का लोभ नहीं किया, क्योंकि लोभ से बुद्धि चंचल हो जाती है। तृष्णा बढ़ने लगती है और तृष्णा बढ़ जाने पर व्यक्ति इस लोक में और परलोक में भी दुखी ही रहता है।

मैं सोचता हुआ धीरे-धीरे चला जा रहा था कि मेरा धन छीननेवाले वीणाकर्ण ने मुझपर लाठी से प्रहार किया। संकट में धीरज से काम लेना चाहिए। मैं

बहुत सोच-समझकर मठ से दूर वन में चला गया और सुरक्षित बिल बनाकर वहाँ रहने लगा, जहाँ बाद में चित्रग्रीव और लघुपतनक जैसे मित्र मिले।

वन में आने पर फिर मेरा भाग्योदय हुआ और मुझे यह लघुपतनक जैसा सच्चा मित्र मिल गया। यह मेरे पुण्य कर्म ही थे कि लघुपतनक का प्रेम प्राप्त करते ही मुझे आप जैसे महात्मा का साथ मिल गया। मुझे जैसे स्वर्ग ही मिल गया है। इस जगत् रूपी विषवृक्ष के दो ही तो सरस और मीठे फल हैं—एक फल तो काव्य रूपी अमृत का आस्वादन है और दूसरा सज्जनों के साथ निवास।

यह सुनकर मंथरक बोला, ''धन तो हाथ के मैल के समान है। यौवन पहाड़ी नदी के वेग की तरह है। आयु भी जल की बूँद की भाँति चंचल है और जीवन झाग की तरह क्षणभंगुर है, एक फूँक में ही समाप्त होनेवाला। यह सच है कि धन के अभाव में सारे दुःख घेर लेते हैं। तो भी धन के संचय का सुख तभी है जब उसका सदुपयोग किया जाए। उसे भूमि में दबाकर रखने से क्या लाभ! जो कंजूस सारे सुख त्यागकर धन बटोरने में लगा रहता है, उसकी हालत तो उस गधे जैसी होती है जो दूसरे का भार लादकर ढोता हुआ स्वयं कष्ट पाता है।

''यह तो ठीक है कि मनुष्य को संचय करना चाहिए, किंतु उसको अतिसंचय कदापि नहीं करना चाहिए। अतिसंचय के फेर में ही एक गीदड़ स्वयं मारा गया था।''

उन दोनों ने पूछा, ''वह किस प्रकार?''

मंथरक बोला, ''वह कथा सुनाता हूँ। सुनो।''

लोभी गीदड़ का मरण

कल्याण नगरी में भैरव नाम का एक बहेलिया रहा करता था। एक बार शिकार की खोज करता हुआ विंध्य वन में पहुँच गया। उसने एक हिरन का शिकार किया। उसे कंधे पर लादकर वह घर की ओर लौट रहा था। मार्ग में उसे एक बहुत बड़ा जंगली सूअर दिखाई दिया।

बहेलिए ने हिरन को उतारकर नीचे रख दिया और धनुष तानकर सामने खड़े सूअर को तीर से बींध दिया। बाण लगते ही घायल सूअर ने पलटकर आक्रमण किया और विकराल

दाँत से बहेलिए की जंघा फाड़ दी।

मृत्यु आती है तो किसी भी बहाने से आ जाती है। वह बहाना पानी का हो सकता है अथवा आग, विष, भूख, रोग या पर्वत से गिरने का भी।

बहेलिया निष्प्राण होकर गिर पड़ा। इधर बाण से घायल सूअर भी तड़प-तड़पकर ढेर हो गया। सूअर और बहेलिए की चपेट में आकर वहीं पड़ा एक साँप भी मर गया।

थोड़ी ही देर में दुर्भाग्य का मारा दीर्घराव नाम का एक गीदड़ भी भोजन की तलाश में उधर से आ निकला। उसने एक साथ हिरन, सूअर, सर्प और बहेलिया—चारों को मरा पड़ा पाया तो बड़ा प्रसन्न हुआ। उसने सोचा, आज तो मुझे एक साथ इतना आहार मिल गया। जिस प्रकार प्राणी पर अचानक दुःख का पहाड़ टूट पड़ता है, उसी प्रकार कभी-कभी अचानक सुख भी आ जाया करता है।

इन चारों के मांस से तो मेरा दो-तीन मास का गुजारा हो जाएगा।

वह विचार करने लगा कि एक मास तो मनुष्य का मांस चलेगा, एक-एक मास हिरन और सूअर के मांस से कट जाएगा। एक दिन सर्प का मांस भी चल जाएगा। इसलिए आज का दिन धनुष की ताँत ही खाकर काट देना ठीक रहेगा।

भूख से जीभ लपलपाकर वह चढ़े हुए धनुष का ताँत ही चबाने लगा। ताँत टूटते ही धनुष का एक कोना उछलकर गीदड़ की छाती में ऐसा लगा कि तत्काल उसका भी अंत हो गया।

□

कथा सुनाकर मंथरक कहने लगा, ''इसीलिए कहता हूँ कि अतिसंचय करने का लोभ भी हितकर नहीं होता। व्यक्ति अपने कमाए धन में से जो भले काम में लगा देता है और जो कुछ वह स्वयं उपभोग कर लेता है, बस उतना ही उसका अपना धन है। उसकी मृत्यु के बाद तो दूसरे लोग ही उसकी संपत्ति का उपभोग करते हैं। मनुष्य के साथ तो कुछ भी नहीं जाता।''

''खैर, जाने भी दो। अब बीती बात को सोचने से फायदा ही क्या! क्योंकि समझदार व्यक्ति प्राप्त न हो सकनेवाली वस्तु की कभी अभिलाषा नहीं करते। जो वस्तु नष्ट हो जाती है, उसके विषय में दुःख अथवा शोक नहीं करते। विपत्ति आने पर जो घबराते नहीं, उन्हींको इस संसार में समझदार मनुष्य कहा जाता है।''

''इसलिए प्रिय मित्र, अब आप उत्साह के साथ यहीं रहिए। विद्वान् और वीर पुरुष के लिए कौन पराया है और कौन-सा देश विदेश है! वह जिस देश का भी आश्रय लेता है, अपने बाहुबल और उद्योग से उसे ही अपना देश बना लेता है। आप लोग यहाँ मेरे साथ ही रहकर जीवन-यापन करें।''

मंथरक की बुद्धिमानी-भरी बातें सुनकर लघुपतनक बोला, ''मित्र मंथरक, तुम धन्य हो! तुम्हारे गुण सब प्रकार से प्रशंसनीय हैं।''

लघुपतनक और हिरण्यक वहीं मंथरक के साथ रहकर आहार-विहार करते हुए आनंद से दिन बिताने लगे।

एक दिन चित्रांग नामक एक भयभीत हिरन भागता हुआ उनके पास आ पहुँचा। मृग को बहुत डरा हुआ देखकर मंथरक तो तत्काल सरोवर के पानी में घुस गया, चूहा अपने बिल में और कौआ वृक्ष की ऊँची चोटी पर जा बैठा।

लघुपतनक पेड़ की ऊँची शाखा पर बैठकर इधर-उधर देखने लगा कि कहीं कोई भयानक जंतु तो हिरन का पीछा नहीं कर रहा है। उसने चारों ओर नजर दौड़ाई, किंतु कहीं कुछ भयानक दिखाई नहीं दिया। उसने अपने मित्रों को भी बता दिया कि आसपास कहीं ऐसा कुछ दिखाई नहीं दे रहा है। यह सुनकर सब अपने-अपने स्थान से निकलकर पास आ गए।

मंथरक बोला, "मृग भाई! मैं इस स्थान पर तुम्हारा स्वागत करता हूँ। जितना चाहो उतना जल पिओ। जो चाहो करो। जहाँ तक चाहो वहाँ तक विचरण करके इस वन में सुख से रहो।"

चित्रांग बोला, "एक बहेलिया बड़ी दूर से मेरा पीछा कर रहा था। उसीसे जान बचाता हुआ मैं आपकी शरण में आ पहुँचा। मैं भी आप लोगों के साथ मित्रता करना चाहता हूँ।"

यह सुनकर हिरण्यक बोला, "संकट में हम लोगों के पास आकर तो तुम्हें हमारी मित्रता अपने आप प्राप्त हो गई है। कहा गया है कि चार प्रकार के लोग सहज मित्र होते हैं—अपना सगा-संबंधी, जिसके साथ किसी प्रकार का नाता-रिश्ता हो अथवा जिससे वंशानुगत मित्रता चली आ रही हो; या फिर जिसे दुःख से बचाया गया हो। अब तुम इस स्थान को अपने घर से भी अधिक सुखदायी समझकर आनंद से रहो।"

यह सुनकर हिरन को बड़ी खुशी हुई। उसने इच्छानुसार भोजन करके सरोवर का मधुर जल पिया। फिर वह उसी वृक्ष की छाया में बैठकर विश्राम करने लगा।

विश्राम करके जब वह सहज हो गया तो मंथरक ने पूछा, "मित्र, इस

निर्जन वन में तुमको किसने इतना भयभीत कर दिया?''

हिरन बोला, ''कलिंग देश का प्रतापी राजा रुक्मांगद आजकल दिग्विजय करने के लिए निकला है। इस समय वह अपनी विशाल सेना के साथ चंद्रभागा नदी के किनारे विश्राम कर रहा है। प्रातःकाल वहाँ से आकर वह इसी कर्पूरगौर सरोवर के समीप पड़ाव डालेगा। यह बात बहेलिया अपने साथी को बता रहा था। इसलिए मैं समझता हूँ कि कल यहाँ रहना भी खतरनाक होगा। ऐसी स्थिति में जो सब ठीक समझें, वही करना चाहिए।''

यह सुनकर मंथरक कछुआ चिंतित हो गया। उसने कहा, ''फिर तो मैं किसी और सरोवर में चला जाता हूँ।''

कौआ बोला, ''हाँ, यही ठीक होगा।''

मंथरक वह जलाशय त्यागकर दूसरे सरोवर के लिए चल पड़ा। उसके स्नेह से बँधे उसके साथी भी उसके पीछे-पीछे चलने लगे। मंथरक को स्थलमार्ग से जाते समय उसे एक बहेलिए ने देख लिया। उसने झपटकर मंथरक को पकड़ लिया तथा अपने धनुष में बाँधकर कंधे से लटका लिया और शिकार की खोज में आगे को चल दिया। दोपहर तक जंगल में भटकने पर भी जब उसे कोई और शिकार नहीं मिला तो भूख-प्यास से व्याकुल वह अपने घर की ओर चल पड़ा। सोचा, आज कछुए के मांस से ही पेट भरेगा। हिरन, कौआ और चूहा भी दुखी मन से उसके पीछे-पीछे चलने लगे।

हिरण्यक शोक में विह्वल होकर सोचने लगा—हम अभी दुःख रूपी एक समुद्र को पार भी नहीं कर पाए थे कि दूसरा दुःख आ पड़ा। विपत्ति कभी अकेली नहीं आती।

मंथरक जैसे मित्र का प्राण संकट में पड़ा देखकर हिरण्यक अकुला उठा। उसने सोचा, विपत्ति के समय मित्र का साथ बड़ी दुर्लभ बात है। समृद्धि में धन की अभिलाषा रखनेवाले मित्र तो हर कहीं मिल जाते हैं, किंतु सच्चे मित्र की परख तो विपत्ति में ही होती है।

बहुत देर तक विलाप करने के पश्चात् हिरण्यक ने चित्रांग और लघुपतनक से कहा, ''बहेलिया इस वन से निकलकर बस्ती में पहुँच जाए, इसके पहले ही मित्र मंथरक को उसके बंधन से मुक्त कराने की युक्ति करनी होगी। नहीं तो उसे हम बचा नहीं पाएँगे।''

लघुपतनक और चित्रांग भी व्याकुल थे। दोनों एक साथ बोले, ''जो कुछ करना हो वह शीघ्र बताओ। तुम्हें कोई युक्ति सूझी है?''

हिरण्यक ने सुझाव दिया—''चित्रांग तो आगे जलाशय के पास जाकर मृतक की भाँति धरती पर पड़ा रहे और लघुपतनक उसके ऊपर बैठकर अपनी चोंच से उसके शरीर को इधर-

उधर कुरेदे। यह देखकर बहेलिया यही समझेगा कि हिरन जरूर मरा पड़ा है। वह कछुए को छोड़कर हिरन के मांस के लिए लालच में दौड़ा चला आएगा। बस, यह अवसर पाकर मैं मंथरक के बंधन को काट दूँगा। वह तुरंत जलाशय में उतर जाएगा। आप दोनों सावधान रहें। बहेलिया पास पहुँचने लगे तो तत्काल आप दोनों भी वहाँ से भाग जाएँ।''

हिरण्यक की यह युक्ति सबको ठीक लगी। बहेलिया थका-माँदा था। जलाशय में पानी पीकर वह एक वृक्ष की छाया में जा बैठा। तभी उसकी निगाह हिरन पर पड़ी। कौआ उसे चोंच से कुरेद रहा था। हिरन निश्चल पड़ा था। उसे इस तरह पड़े देखा तो बहेलिए ने सोचा, हिरन जरूर निष्प्राण है। कंधे से धनुष उतारकर उसने वहीं पर छोड़ा और हिरन को लाने के लिए उस ओर चल दिया।

बहेलिए के कुछ ही दूर जाने पर हिरण्यक ने आकर मंथरक के सारे बंधन कुतर डाले।

बंधन-मुक्त होते ही कछुआ तालाब में चला गया। उधर कौए ने जब देखा कि बहेलिया काफी नजदीक आ गया है तो तुरंत उड़ गया। अगले ही पल हिरन भी चौकड़ी भरता हुआ घने जंगल में जा छिपा।

बहेलिया यह देखकर बड़ा निराश हुआ। वह लौटकर वृक्ष के निकट आया, जहाँ अपना धनुष छोड़ गया था। किंतु वहाँ से कछुए को भी गायब देख उसने माथा पीट लिया—'मुझ जैसे नासमझ व्यक्ति को यही फल मिलना था। जो सुनिश्चित लाभ को छोड़कर अनिश्चित लाभ की ओर दौड़ता है, उसका सुनिश्चित लाभ भी नष्ट हो जाया करता है और

अनिश्चित तो प्राय: पहले से ही नष्ट होता है।'

निराश बहेलिया पछताता हुआ अपने घर चला गया।

मंथरक आदि चारों मित्र भी उस विपत्ति से मुक्त होकर अपने-अपने निवास-स्थान को लौट गए। वे फिर मिल-जुलकर आनंद से जीवन व्यतीत करने लगे।

□

ये कहानियाँ सुनकर राजपुत्रों ने प्रसन्न होकर कहा, ''गुरुवर! हमने मित्र-लाभ सुना तथा अच्छी तरह समझ भी लिया। हमें बड़ा आनंद मिला। आपकी कृपा से हमारी यह इच्छा पूर्ण हो गई!''

पंडित विष्णु शर्मा ने आशीर्वाद दिया, ''सज्जन व्यक्तियों को सदा अच्छे मित्र मिलें। तुम सबका कल्याण हो!''

सुहृद्भेद

अगला पाठ आरंभ होने को हुआ तो राजकुमारों ने पंडित विष्णु शर्मा से अनुरोध किया, "आर्य! अब हमें आपसे सुहृद्भेद सुनने की अतीव अभिलाषा है!"

पंडित विष्णु शर्मा उन्हें सुहृद्भेद की कथाएँ सुनाने लगे।

किसी वन में एक सिंह और एक बैल बड़े प्रेम से रहते थे। उनके इस भाईचारे को एक धूर्त गीदड़ ने नष्ट कर दिया।

राजपुत्रों ने पूछा, "वह कैसे?"

विष्णु शर्मा बताने लगे—

दक्षिणापथ में एक सुंदर नगरी है—सुवर्णवती। वहाँ वर्धमान नामक एक वणिक रहता था। उसके पास धन की कोई कमी नहीं थी, फिर भी अपने निकट संबंधियों को अपने से अधिक धनी देखकर उसके मन में यह इच्छा हुई कि उसे भी अपनी संपत्ति में और वृद्धि करनी चाहिए।

कहा गया है कि जिसके पास काफी धन-संपत्ति है, ऐसा व्यक्ति ब्रह्महत्या कर डाले तो भी पूजनीय बना रहता है। परंतु चंद्रमा के समान उज्ज्वल वंश का पुरुष भी यदि निर्धन हो तो उसे अपमान ही अपमान सहना पड़ता है।

सोच-विचार करने के पश्चात् वर्धमान ने गाड़ी में विविध प्रकार के रत्न-द्रव्य लादे और व्यापार करने के लिए काश्मीर की ओर चल दिया।

चलते-चलते वर्धमान सुदुर्ग नामक एक विशाल वन में पहुँच गया। अभी वह घने जंगल में ही था कि उसके एक बैल संजीवक की टाँग टूट गई और वह वहीं गिर गया।

और कोई उपाय न देखकर वर्धमान ने संजीवक को उसी वन में छोड़ दिया। आगे धर्मपुर में जाकर उसने एक नया बैल खरीद लिया और उसको गाड़ी में जोतकर आगे की यात्रा पर चल दिया।

जंगल में छूटा तीन पैरोंवाला संजीवक बैल धीरे-धीरे स्वस्थ होने लगा। अपने आसपास की हरी घास चरकर वह कुछ दिन बाद अपने तीन पैरों से ही थोड़ा-थोड़ा चलने लगा।

कुछ दिन और बीते। सुदुर्ग वन में नदी किनारे संजीवक को अच्छा आहार-विहार मिल रहा था। **समय के साथ** उसका चौथा पाँव भी ठीक हो गया और पेटभर हरा-भरा आहार

मिलते रहने से वह खूब हृष्ट-पुष्ट हो गया। अब वह डकारकर गर्जना करता तो उसकी ध्वनि से सारा जंगल गूँज उठता।

उसी जंगल में पिंगलक नामक एक सिंह रहता था। अब तक वह अपने पुरुषार्थ के बल पर पूरे जंगल के राज्य का सुख भोगता हुआ आनंद से रहता था। जंगल में कौन सिंह का राजतिलक करता है! वह तो अपने पराक्रम से ही अपना राज्य स्थापित करके स्वयं मृगेंद्र बन जाता है।

एक दिन प्यास से व्याकुल पिंगलक सिंह पानी पीने नदी की ओर बढ़ा। वह तट के पास पहुँचा ही था कि सहसा उसे संजीवक की भयंकर डकार सुनाई पड़ी। इससे पूर्व ऐसी गर्जना उस वन में सिंह ने कभी नहीं सुनी थी। पिंगलक जहाँ-का-तहाँ ठमक गया और पानी पिए बिना ही लौटकर एक पेड़ के नीचे बैठ गया। वह समझ नहीं पा रहा था कि यह कैसी गर्जना है!

बहुत समय पहले पिंगलक का मंत्री एक सियार था। वह अब मर चुका था। उसके दो पुत्र थे—करटक और दमनक। वे भी सिंह के पीछे-पीछे चल रहे थे। उन्होंने जब सिंह को पानी पिए बिना ही लौटकर इस तरह पेड़ के नीचे परेशान बैठे देखा तो दमनक ने करटक से कहा, "भाई करटक! हमारे स्वामी नदी पर पानी पीने के लिए गए थे, किंतु वे बिना पानी पिए ही लौटकर चुपचाप, हैरान-परेशान से यहाँ क्यों बैठे हैं?"

करटक बोला, "होगा कुछ, हमें क्या! हम कोई इसकी सेवा में हैं! फिर हमें उसके क्रियाकलाप पर ध्यान देने से क्या लाभ? क्या तुम्हें याद नहीं कि इस राजा ने अकारण ही हमारा अपमान किया है और इसकी उपेक्षा के कारण ही हमको इतना दुःख भोगना पड़ रहा है?"

दमनक ने कहा, "देखो, वह जंगल का राजा है। कल तक हमारे पिता उसके मंत्री थे। किसी कारण उसकी निगाह हमसे फिर गई है; फिर भी संकट के समय उसका साथ देना हमारा कर्तव्य है। ऐसा करने पर हमें फिर सुख मिल सकता है।"

करटक कहने लगा, "यह सब सही है, फिर भी मैं कहता हूँ कि बिना प्रयोजन के कामों से सदा बचना चाहिए। जो व्यक्ति बिना मतलब के कोई कार्य करना चाहता है, उसका वही हाल होता है जो बिना किसी प्रयोजन के कील उखाड़नेवाले बंदर का हुआ था।"

दमनक ने पूछा, "वह कैसे?"

करटक बंदर की कथा सुनाने लगा—

मूर्ख वानर

मगध देश की बात है। वहाँ धर्मवन के पास ही शुभदत्त नामक कायस्थ ने एक विहार बनवाना शुरू किया। उसीमें लगाने के लिए दो बढ़ई लकड़े के एक बड़े से लट्ठे को आरे से चीर रहे थे।

दोपहर के भोजन की वेला हुई तो बढ़ई ने जहाँ तक लकड़ी चीरी गई थी, वहाँ पर लकड़ी की एक कील ठोंक दी और आरी निकालकर भोजन करने घर चले गए।

सब श्रमिकों के चले जाने पर जंगल से वानरों का एक समूह उछलता-कूदता उधर आ निकला। कोई कहीं बैठ गया तो कोई कहीं कूदने-फाँदने लगा। भाग्य का मारा एक बंदर जाकर उसी लकड़ी पर बैठ गया, जिसे बढ़ई अभी-अभी अधचिरी छोड़कर गए थे।

बंदर चिरे हुए दोनों पल्लों के बीच पाँव लटकाकर बैठ गया। सामने पल्लों में फँसी काठ की कील से खेलता हुआ वह उसको हिलाने-खींचने लगा। कील सहसा उखड़ गई और दोनों भारी पल्लों के बीच भिंचकर बंदर मर गया।

□

यह कथा सुनाकर करटक बोला, ''इसीलिए मैं कहता हूँ कि बिना प्रयोजन के काम करने से हानि ही होती है।''

फिर भी दमनक कहने लगा, ''सेवक को फिर भी चाहिए कि वह अपने स्वामी की चेष्टाओं को अवश्य देखता रहे।''

करटक ने कहा, ''यह काम राजा के प्रधानमंत्री का है, जिसे सारी सुख-सुविधा है और जिसको सब अधिकार दिए गए हैं। उसके अधिकार की चर्चा करने की कोई जरूरत नहीं। जो व्यक्ति स्वामी की भलाई के लिए भी किसी और का काम स्वयं करता है, उसकी बाद में वही दशा होती है जो रात में चिल्लाने से बेचारे गधे की हुई थी।''

दमनक ने पूछा, ''यह कथा क्या है?''

करटक सुनाने लगा—

गधे की मूर्खता

काशी नगरी में एक धोबी रहा करता था। उसका नाम था कर्पूरपटक। उसका अभी नया-नया विवाह हुआ था। एक रात वह पत्नी के साथ गहरी नींद सो रहा था। देर रात गए एक चोर उसके घर में घुस आया।

धोबी के आँगन में उसका गधा और कुत्ता दोनों ही बँधे हुए थे। चोर को देखकर गधे ने कुत्ते से कहा, ''मित्र, इस समय तुम्हारा कर्तव्य है कि तुम जोर-जोर से भौंककर मालिक को जगा दो। अन्यथा चोर घर में चोरी करके भाग जाएगा।''

कुत्ता बोला, ''भाई! तुम्हें मेरे काम की चिंता नहीं होनी चाहिए। तुम तो जानते ही हो कि मैं रात-दिन कितनी चौकसी के साथ घर की रखवाली करता रहा हूँ; लेकिन यह धोबी मेरी सेवाओं या श्रम का जरा भी खयाल नहीं करता। अब तो मुझे समय पर रोटी का एक टुकड़ा तक नहीं मिलता। जब तक इसकी हानि नहीं होगी, यह मेरा महत्त्व समझेगा ही नहीं। मेरी ओर से तो वह पूरी तरह उदासीन हो गया है।''

यह सुनकर गधा कहने लगा, ''अरे दुष्ट, मेरी बात सुन। काम पड़ने पर जो सेवक पहले अपनी माँग की बात करता है उसे अच्छा सेवक नहीं कहा जाता।''

कुत्ता कहने लगा, ''जो काम पड़ने पर ही सेवकों से बात करे अथवा उनका महत्त्व समझे, वह मालिक भी तो बुरा ही है!''

यह सुनकर गधे को क्रोध आ गया। उसने कहा, ''तू पापी है, जो संकट के समय अपने कर्तव्य की उपेक्षा कर रहा है! यदि तू नहीं भौंकता है तो मैं ही कोई युक्ति करता हूँ।''

ऐसा कहकर वह अपने मालिक को जगाने के लिए जोर-जोर से रेंकने लगा। गधे के रेंकने

से परेशान धोबी कच्ची नींद में उठा और गुस्से में डंडा लेकर गधे पर पिल पड़ा। उसने गधे को इतना पीटा कि वह तत्काल मर गया।

□

करटक बोला, "इसीलिए मैं कहता हूँ कि किसी दूसरे का काम खुद करना उचित नहीं। हमारा काम शिकार के लिए पशुओं को खोजना है। उसकी बात तुम कर सकते हो। किंतु आज तो इसकी भी चर्चा करने की आवश्यकता नहीं है; क्योंकि कल का बचा हुआ आहार ही पर्याप्त है।"

दमनक को इसपर गुस्सा आ गया। उसने कहा, "तो क्या आप मात्र भोजन के लिंए ही राजा की सेवा करते हैं? यह तो उचित नहीं। मित्रों का उपकार और शत्रुओं का अपकार करने के लिए ही समझदार लोग राजा का आश्रय लेते हैं। वैसे अपना पेट कौन नहीं भर लेता!"

करटक बोला, "कैसी सेवा और किसकी सेवा? हमारे पिताजी भले ही कभी राजा पिंगलक के प्रधानमंत्री रहे हों, किंतु इस समय

हम तो प्रधानमंत्री नहीं हैं। फिर इस प्रकार सोच-विचार करने का मतलब ही क्या है?''

दमनक बोला, ''साधारण मंत्री कितने समय में प्रधान या अप्रधान होते हैं? अपने कर्मों के आधार पर ही व्यक्ति ऊपर उठता है अथवा नीचे गिरता है। जिस प्रकार कुएँ खोदनेवाला कुआँ खोदते समय सीढ़ी बनाता जाता है। अब कोई चाहे तो इस सीढ़ी से नीचे उतर जाए अथवा ऊपर चढ़ जाए। हमें अपने हित के लिए ही कर्म करना चाहिए!''

करटक ने कहा, ''आप यह क्या कह रहे हैं?''

दमनक बोला, ''हमारे स्वामी राजा पिंगलक बिना जल पिए लौट आए और चकित भाव से यहाँ व्याकुल बैठे हैं।''

''तो तुम इसका क्या अभिप्राय समझते हो?''

''इसमें समझने के लिए रह ही क्या गया है? बिलकुल स्पष्ट तो दिखाई दे रहा है। वे अवश्य भयभीत हैं।''

''आकार-प्रकार, भाव, गति, चेष्टा, बातचीत, नेत्र और मुख की विकृति से मन की बात जानी जा सकती है। भय से घबराए स्वामी को मैं बुद्धिबल से इस समय अपने पक्ष में कर लूँगा।''

करटक बोला, ''लगता है कि तुम सेवा-कार्य के बारे में कुछ नहीं जानते। सुनो, जो व्यक्ति बिना बुलाए किसीके पास जाता है, बिना पूछे अपने आप बहुत-सी बातें कहता है, वह मूर्ख है।''

दमनक ने पूछा, ''भ्राता! आप मुझे किस प्रकार कहते हैं कि मुझे सेवा करनी नहीं आती? मैं सेवा-कार्य अच्छी तरह जानता हूँ।''

करटक ने कहा, ''बिना किसी काम के, बिना बुलाए ही राजा के पास जाने पर कहीं वह फिर तुम्हारा अपमान न कर दें। इसका ध्यान रखना।''

दमनक बोला, ''विघ्न के भय से किसी कार्य को न करना तो और भी बड़ी मूर्खता है।''

करटक बोला, ''तुम वहाँ जाकर उनसे क्या कहोगे?''

दमनक बोला, ''मैं वहाँ जाकर सबसे पहले यह जानने का प्रयत्न करूँगा कि वे मुझपर प्रसन्न हैं अथवा नहीं। फिर खूब सोच-समझकर जो भी मेरे वश में होगा, करूँगा।''

करटक बोला, ''यह तो ठीक है। फिर भी जब कोई प्रसंग ही नहीं होगा तो तुम कुछ कर और कह भी नहीं सकोगे। यदि बृहस्पति देव भी प्रसंग से हटकर बात करेंगे तो उनको

अल्पबुद्धि ही समझा जाएगा।''

दमनक ने कहा, ''तुम डरो मत। मैं कोई ऐसा अप्रासंगिक वचन कदापि नहीं बोलूँगा। वैसे विपत्ति के समय शुभचिंतक का कर्तव्य है कि वह न पूछने पर भी जो उचित समझे, अवश्य कहे। यदि मौका पाकर भी मैं उचित परामर्श न दूँ तो मेरा मंत्री होना ही व्यर्थ हो जाएगा। इसलिए अब मुझे आज्ञा दो। मैं जाना चाहता हूँ।''

उसे जाने के लिए उत्सुक देखकर करटक ने कहा, ''तुम्हारा कल्याण हो। जाओ और जो इच्छा हो, करो।''

इस प्रकार करटक से आशीर्वाद और शुभकामनाएँ पाकर दमनक धीरे-धीरे चलता हुआ विस्मित भाव से पिंगलक के पास पहुँचा।

राजा ने दूर से ही उसे देखा तो आदर से पास बुला लिया।

दमनक पास पहुँचा और प्रणाम करके बैठ गया।

पिंगलक ने कहा, ''आज बहुत दिन बाद दिखाई पड़े।''

दमनक बोला, ''राजन्! मुझ जैसे तुच्छ सेवक की आपको कोई आवश्यकता नहीं पड़ती, फिर भी सेवक का तो यह कर्तव्य है कि अवसर मिलते ही स्वामी की सेवा में उपस्थित हो। न जाने कब काम पड़ जाए। जहाँ सूर्य का प्रकाश नहीं पहुँचता, वहाँ तुच्छ दीपक के प्रकाश से ही काम हो जाता है।''

पिंगलक ने कहा, ''दमनक, भले आदमी, तुम तो हमारे प्रधानमंत्री के पुत्र हो। न जाने किस दुष्ट की बात में आकर इतने दिनों तक हमारे पास नहीं आए। बोलो तो सही कि बात क्या थी?''

दमनक बोला, ''महाराज, उस बात को छोड़िए। जो बीत गया, सो बीत गया। यदि आदेश हो तो मैं इस समय कुछ पूछने का साहस करूँ?''

''हाँ-हाँ, बोलो, क्या बात है?''

''आप नदी तट पर जल पीने के लिए गए थे, किंतु बिना पानी पिए ही लौट आए और फिर यहाँ पर आकर बड़े विकल से बैठे हैं। कोई विशेष कारण ही हो सकता है!''

पिंगलक बोला, ''तुम्हारा अनुमान तो ठीक है। कारण तो है, पर कहने योग्य कोई विश्वासपात्र व्यक्ति मुझे दिखाई नहीं दिया, इसलिए मैं विस्मित-सा यहीं बैठकर सोचता रह गया। अब तुम आ गए हो तो बताता हूँ। सुनो! लगता है, इस वन में कोई विचित्र जीव आ गया है। इसलिए शायद हमें इस वन को छोड़कर कहीं और ही जाना पड़े। मैंने उस विचित्र जंतु का अत्यंत कर्कश गर्जन भी सुना है। उसके गर्जन से तो ऐसा आभास होता है कि वह कोई बड़ा ही बलशाली भयावना जंतु है!''

सुनकर दमनक ने पहले तो हाव-भाव से ऐसा जताया मानो बहुत ही डर गया हो। फिर कुछ क्षण बाद एकदम गंभीर होकर बोला, ''देव, है तो यह सचमुच बड़े ही डर की बात। मैंने भी उसका गर्जन दूर से ही सुना है। किंतु ऐसे मौके पर जो पहले तो भाग जाने की और फिर युद्ध करने की सलाह दे, उसे नासमझ मंत्री ही कहना चाहिए। महाराज, ऐसे दुविधा के मामले में तो पहले सेवक का उपयोग ही करना चाहिए। कहा जाता है कि भाई, पत्नी, सेवक, समुदाय, बुद्धि और आत्मबल—इन्हें विपत्ति रूपी कसौटी पर कसने से ही इनकी गुणवत्ता का ज्ञान हो पाता है।''

पिंगलक घबराया-सा बोला, ''भद्र दमनक, इस शंका से मैं बहुत पीड़ित हो रहा हूँ।''

दमनक मन-ही-मन विचारने लगा—यदि शंका और डर ने न आ घेरा होता तो महाराज यह राजसुख त्यागकर यहाँ से भाग चलने के लिए मुझसे क्यों कहते?

फिर बोला, ''स्वामी, जब तक मैं जीवित हूँ, तब तक आप कोई चिंता न करें। किंतु आप करटक आदि को भी अपनी ओर से उसी प्रकार आश्वस्त कर दें, जिस प्रकार मुझे किया है; क्योंकि विपत्ति का मुकाबला करते समय काफी लोगों को जुटा पाना बड़ा ही कठिन होता है।''

दमनक के ऐसा कहने पर पिंगलक ने करटक को बुलाने की आज्ञा दी। जब करटक ने वहाँ आकर प्रणाम किया तो पिंगलक ने उसका भी स्वागत किया और दोनों भाइयों का

आदर-सत्कार किया। उसके बाद दोनों भाई उस आसन्न संकट से निबटने की प्रतिज्ञा करके वहाँ से चल पड़े।

रास्ते में करटक ने दमनक से पूछा, "भाई, यह तो बताओ, राजा के डर की वजह दूर हो सकने लायक है भी कि नहीं? मेरा अनुमान है कि तुमने तो पहले इसका पता भी नहीं लगाया कि राजा के डर का कारण है क्या? फिर तुमने उसे दूर करने की प्रतिज्ञा कैसे कर ली और राजा से ऐसा पुरस्कार भी प्राप्त कर लिया! बिना किसी प्रकार का उपकार किए पुरस्कार ग्रहण करना उचित नहीं है। और वह भी स्वयं राजा पिंगलक से!"

दमनक ने हँसकर कहा, "भाई, आप चिंता मत करिए। मैंने राजा के डर की वजह समझ ली है।"

"सचमुच!"

"हाँ, वास्तव में नदी किनारे कोई बैल है, जो जोर-जोर से डकार रहा है। पिंगलक ने उसका गर्जन तो सुन लिया, किंतु उसको देखा नहीं है, इसलिए इतना डरा हुआ है। बैल तो सिंह का आहार है और हमारा भी। हम उसको मार नहीं सकते, किंतु राजा के मारने पर उसको खा तो सकते ही हैं।"

करटक बोला, "भाई, यही बात थी तो फिर तुमने राजा का डर उसी समय दूर क्यों नहीं कर दिया?"

"यदि उसी समय डर दूर कर देता तो फिर यह पुरस्कार किस तरह मिलता? देखो, नीति कहती है कि स्वामी को कभी निरपेक्ष न होने दो। यदि स्वामी को अपने सेवक से कोई अपेक्षा नहीं रह जाती तो सेवक की स्थिति दधिकर्ण बिलाव की-सी हो जाती है।"

करटक ने पूछा, "यह दधिकर्ण बिलाव की कथा कैसी है?"

दमनक कथा सुनाने लगा—

सिंह और मूर्ख बिलाव

भारत के उत्तरी भाग में अर्बुद शिखर नामक एक पहाड़ है। उसपर दुर्दांत नाम का एक सिंह रहता था। दिन के समय तो सिंह आखेट के लिए वन में विचरण करता रहता। रात होने पर वह अपनी गुफा में आकर सो जाता।

एक बार ऐसा हुआ कि जब सिंह रात को सोया तो कोई चूहा आकर उसकी गरदन के कुछ बालों को कुतर गया। सुबह उठने पर जब दुर्दांत ने बालों को कुतरा हुआ पाया तो उसको बड़ा क्रोध आया। फिर रोज रात को ऐसा होने लगा। सिंह समझ तो गया कि कोई चूहा ही आकर उसके बाल कुतर जाता है; किंतु बहुत कोशिश करने पर भी वह चूहा कभी उसके पंजे में नहीं पड़ा।

दुखी होकर दुर्दांत सोचने लगा कि वह इतना बलवान है, पर एक तुच्छ शत्रु भी ताकत से वश में नहीं किया जा रहा है। चूहे को मारने के लिए तो उस जैसा कोई छोटा सैनिक ही आगे करना चाहिए।

यह सोचकर सिंह एक रोज वन से कुछ दूर बसे गाँव की ओर गया। संयोग की बात है कि उसको गाँव के पास ही दधिकर्ण नाम का एक बिलाव मिल गया। बिलाव और सिंह तो सजातीय माने जाते हैं, इसलिए किसी प्रकार बिलाव को विश्वास से वश में करके दुर्दांत उसे अपने साथ अपनी कंदरा में ले आया।

कंदरा में लाकर दुर्दांत ने दधिकर्ण का खूब स्वागत-सत्कार किया। उसे मुलायम मांस का आहार कराया। उस दिन के बाद दधिकर्ण बिलाव सिंह के साथ उसी माँद में रहने लगा।

फिर तो बिलाव के डर से चूहा बिल के बाहर ही नहीं निकलता था, सिंह के बाल कुतरने की तो बात ही दूर रही। सिंह उस ओर से निश्चिंत हो गया। अब उसकी रातें बड़े सुख से बीतने लगीं।

जब कभी सिंह को चूहे की चूँ-चूँ सुनाई देती, वह बिलाव को और अधिक ताजा मांस खिला देता।

एक दिन की बात है। सिंह तो अपने शिकार की तलाश में कंदरा से निकलकर वन में चला गया, किंतु बिलाव माँद में ही पड़ा रहा। उसको भोजन की चिंता तो थी नहीं। सिंह उसे भरपेट मांस तो खिला ही दिया करता था। सिंह के जाने पर भूख का मारा चूहा बिल से बाहर निकला और बिलाव की आँख बचाकर इधर-उधर भोजन की तलाश करने लगा। चूहा बहुत छिप-छिपकर घूम रहा था, फिर भी बिलाव की नजर उसपर पड़ ही गई। बस, उसने एक छलाँग में ही चूहे को धर दबोचा और मारकर खा गया।

कुछ दिन बाद सिंह ने महसूस किया कि अब न तो कभी चूहा दिखाई देता है और न उसकी चूँ-चूँ ही सुनाई देती है। एक-दो दिन और बीतने पर सिंह समझ गया कि चूहे का काम तमाम हो गया है।

जब चूहा ही न रहा तो सिंह को बिलाव की क्या जरूरत! बस, उसी दिन से सिंह बिलाव की उपेक्षा करने लगा। उसके खाने-पीने की भी कोई चिंता न रही। कभी सामने पड़ा तो खाने को कुछ दे देता, नहीं तो नहीं। सिंह के भय से बिलाव कुछ कह भी तो नहीं सकता था। परिणाम यह हुआ कि कुछ दिन बाद भूख के कारण बिलाव भी मर गया।

□

यह कहानी सुनाकर दमनक कहने लगा, "बंधु! इसीलिए कहता हूँ कि स्वामी को कभी भी निरपेक्ष न होने दो!"

चलते-चलते करटक और दमनक दोनों नदी किनारे संजीवक बैल के पास पहुँच गए। संजीवक के पास पहुँचकर करटक तो एक पेड़ की छाया में बड़ी शान से बैठ गया। दमनक अकेला ही बैल से मिलने गया।

संजीवक के पास पहुँचते ही दमनक ने बड़े रोब से कहा, "अरे बैल, क्या तू जानता नहीं कि मुझे यहाँ के राजा सिंह पिंगलक ने वन की रखवाली के लिए नियुक्त किया है? वह देखो, हमारे सेनापति करटक उस पेड़ की छाया में आराम कर रहे हैं। सेनापति महोदय ने मुझे तुम्हारे पास यह आदेश देने के लिए कहा है कि शीघ्र उनकी सेवा में उपस्थित हो जाओ, या फिर यह वन छोड़कर दूर चले जाओ। यदि तुमने आदेश का पालन नहीं किया तो तुम्हारी बड़ी दुर्दशा होगी!"

संजीवक स्तब्ध होकर सुन रहा था।

दमनक ने और जोर से कहा, "आदेश तो मैंने तुम्हें सुना दिया। अब तुम्हें जैसा करना हो वैसा करो; किंतु इतना तुम्हें मैं अपनी ओर से बताए देता हूँ कि हमारे स्वामी का क्रोध बड़ा

ही भयंकर है। यदि उनकी आज्ञा का पालन नहीं करोगे तो फिर वह जो भी कर बैठें वही कम है!''

यह सुनकर संजीवक ने यही ठीक समझा कि राजा की आज्ञा का पालन करना ही उचित होगा। तदनंतर देश के व्यवहार से सर्वथा अनजान संजीवक डरता हुआ दमनक के साथ चल पड़ा।

करटक के पास पहुँचकर संजीवक ने उसको प्रणाम किया और कहा, ''सेनापति महोदय! मेरे लिए क्या आदेश है?''

करटक गुर्राया, ''अरे बैल! तू इस वन में रहने लगा है, इसलिए चल और हमारे राजा के चरणों में प्रणाम कर।''

सिंह के पास चलने की बात सुनकर बैल भय से काँपने लगा। उसने सोच-विचारकर कहा, ''आप मुझे अभयदान दीजिए तो मैं उनकी सेवा में चलूँगा।''

करटक बोला, ''अरे बलीवर्द, इस प्रकार की शंका करना बेकार है! क्या तुमने सुना नहीं है कि बार-बार गाली देने पर भी शिशुपाल की बातों का भगवान् श्रीकृष्ण ने उसे कुछ उत्तर दिया ही नहीं। सिंह तो मेघ का गर्जन सुनकर ही दहाड़ता है, सियारों की हुआँ-हुआँ सुनकर नहीं। महान् तो महान् पर ही अपना पुरुषार्थ प्रकट करता है!''

इस प्रकार समझाकर वे संजीवक को अपने साथ लेकर लौट पड़े। निकट पहुँचकर

उन्होंने संजीवक को कुछ दूर पर ही खड़ा कर दिया और स्वयं दोनों पिंगलक के पास गए।

दोनों भाइयों को सकुशल आया देखकर सिंह को बड़ी प्रसन्नता हुई। उसने बड़े आदर से उनका स्वागत किया। वे लोग प्रणाम करके सिंह के संकेत पर एक ओर बैठ गए।

पिंगलक ने व्यग्र होकर पूछा, "कुछ पता लगा? तुम लोगों ने उसको देखा?"

दमनक ने कहा, "हाँ, महाराज, देखा! इसमें कोई संदेह नहीं कि जैसा आपने सोचा था, वह वैसा ही बलशाली है। वह भी आपके दर्शन करना चाहता है। देखिए, जब वह आए तो आप सजग होकर बैठिएगा। कहीं उसके शब्दों से आप उसके सामने भी भयभीत न हो जाएँ। केवल शब्द को सुनकर नहीं डरना चाहिए। उसके कारण का पता करना चाहिए। शब्दों के कारण का पता लगाकर ही तो 'कराला' नामक चतुर कुटनी को अपार गौरव मिला था।"

पिंगलक ने पूछा, "वह कैसी बात है?"

दमनक ने कथा सुनाई—

घंटाकर्ण राक्षस और कराला कुटनी

श्रीफल पर्वत के शिखरों से घिरा एक नगर था—ब्रह्मपुर। वहाँ एक दंतकथा प्रचलित थी कि पर्वत के शिखर पर घंटाकर्ण नाम का एक भयंकर राक्षस रहता है।

वास्तविकता यह है कि एक बार कोई चोर मंदिर का घंटा चुराकर उस वन में भागा जा रहा था कि एक बाघ ने उसे दबोच लिया और मारकर खा गया।

बाघ के हमला करने पर चोर के हाथ से घंटा वहीं गिर गया था। बाघ तो चोर को खाकर अपने रास्ते चला गया। वह घंटा बाद में बंदरों के हाथ लग गया। बंदर स्वभाव से ही चंचल होते हैं। वे हर समय घंटे को बजाया करते।

ब्रह्मपुरवासियों के लिए यह एक समस्या-सी बन गई थी। उनको यह तो पता नहीं था कि चोर ने घंटा चुराया था और उसको बाघ मारकर खा गया था। उन्हें तो पता करने पर मनुष्य का कंकाल दिखा था और निरंतर घंटे की ध्वनि सुनाई पड़ती थी। इसलिए लोगों को विश्वास हो गया कि उस वन में जाने पर घंटाकर्ण राक्षस लोगों को मारकर खा जाता है और जब-तब घंटा बजाता रहता है। नगरवासी घंटाकर्ण राक्षस के घंटे का शब्द सुन-सुनकर दहल उठते। फिर भयभीत होकर लोग धीरे-धीरे वह नगर छोड़कर ही भागने लगे।

उस नगर में कराला नाम की एक चतुर कुटनी रहती थी। उसने सोचा कि घंटा तो समय-कुसमय बजता ही रहता है। कोई राक्षस इस प्रकार नहीं कर सकता। इसमें जरूर कोई गूढ़ रहस्य है।

उसने इस रहस्य को उजागर करने का निश्चय किया और एक दिन अकेली ही घने जंगल में पैठ गई। वहाँ जाकर कराला ने देखा कि बंदरों की एक टोली घंटे से खेल रही है। वह तुरंत सारी बात समझ गई।

रहस्य की जानकारी पाकर कराला कुटनी सीधे राजा के पास गई। प्रणाम करके वह बोली, ''महाराज, यदि आप कुछ धन व्यय करने के लिए तैयार हों तो मैं घंटाकर्ण राक्षस को वश में करने का प्रयत्न करूँ?''

राजा ने प्रसन्न होकर कहा, ''तुम्हें जितना भी धन चाहिए, राजकोष से दिया जाएगा। तुम घंटाकर्ण को वश में करो।''

राजा ने उसी समय कोषाध्यक्ष को बुलाकर कुटनी को पर्याप्त धन दिलवा दिया।

कुटनी अपने घर आई। उसने लोगों को प्रभावित करने के लिए पूरा पाखंड रचा। आँगन में चौक पूरा। वहाँ उसने पहले गणेश-गौरी और फिर काली आदि देवी-देवताओं की पूजा

की। बंदरों को अच्छे लगनेवाले फल वह पहले ही बाजार से खरीद लाई थी।

पूजा समाप्त करके कराला फल आदि लेकर सबके सामने जंगल में चली गई। वन में उसी ओर गई, जिधर से बंदरों द्वारा बजाए जानेवाले घंटे की आवाज आ रही थी।

वहाँ पहुँचकर उसने अपने साथ लाए सारे फल इधर-उधर बिखेर दिए। बंदरों ने फलों को बिखरा देखा तो वे फल खाने के लिए उस ओर आ गए। जिस बंदर के पास घंटा था, वह भी आया। इतने सारे फल देखकर उसने घंटे को फेंका और फलों पर टूट पड़ा।

कुटनी ने मौका पाकर घंटा उठा लिया और चुपके से खिसक ली।

घंटा लाकर उसने राजा के सामने रखते हुए कहा, ''राजन्, यह लीजिए घंटाकर्ण का घंटा! मैंने उस भयंकर राक्षस को मंत्रों से बाँध दिया है और घंटा स्वयं ले आई हूँ। अब वह राक्षस न किसीको मारेगा और न किसीको परेशान ही करेगा!''

राजा बड़ा प्रसन्न हुआ। उसने कराला को भरपूर पुरस्कार दिया। नगर में उस दिन से कराला कुटनी की प्रतिष्ठा होने लगी। वह सबकी पूजनीया बन गई।

□

यह कथा सुनाकर दमनक बोला, ''इसीलिए मैं कहता था कि शब्द का अभिप्राय समझना आवश्यक है!''

तदनंतर वे राजा से संजीवक के लिए अभयदान प्राप्त करके उसके पास गए और उसे पास ले आए। उन्होंने पिंगलक और संजीवक का मेल-मिलाप करा दिया।

उस दिन से संजीवक भी वहीं सिंह पिंगलक के साथ रहने लगा। दोनों में परस्पर मित्रता हो गई और उन दोनों के दिन आनंद से बीतने लगे।

कुछ समय बाद पिंगलक का भाई स्तब्धकर्ण नामक सिंह उससे मिलने आया। उसका सत्कार करने के बाद पिंगलक उसके आहार के लिए शिकार करने चला तो संजीवक ने पूछा, ''महाराज, आज जो मृग मारा गया था, वह कहाँ गया?''

पिंगलक बोला, ''मुझे तो मालूम नहीं। इस संबंध में करटक और दमनक जानते होंगे।''

संजीवक ने कहा, ''आप जरा पता तो लगाइए कि वह मांस है भी अथवा नहीं!''

सिंह ने कुछ सोचकर कहा, ''नहीं, जरा भी मांस नहीं है।''

''तो क्या उतना मांस वही दोनों खा गए होंगे?''

राजा ने कहा, ''कुछ खाया होगा, कुछ बाँटा होगा और कुछ फेंक दिया होगा। नित्य

यही तो होता रहता है।''

''तो क्या यह सब आपके आदेश के बिना ही होता रहता है?''

राजा बोला, ''हाँ, यह सब मेरे पीछे ही होता है।''

संजीवक ने कहा, ''महाराज, यह तो कदापि उचित नहीं है। नियम तो यह है कि स्वामी को बताए बिना सेवक को कोई कार्य नहीं करना चाहिए। हाँ, आपत्तिकाल की बात और है। वैसे भी मंत्री को तो कमंडल की भाँति होना चाहिए, जो खर्च कम और संग्रह अधिक करे। श्रेष्ठ मंत्री तो वही है जो कौड़ी-कौड़ी बचाकर राजकोष को भरा-पूरा रखे! जो राजा अपनी आय का विचार किए बगैर व्यय करता रहता है, वह फिर चाहे कुबेर ही क्यों न हो, उसकी संपत्ति नष्ट हो जाती है!''

संजीवक की बात सुनकर स्तब्धकर्ण ने भी कहा, ''भाई, ये करटक और दमनक दोनों बहुत पुराने सेवक हैं। इनको संधि और विग्रह का भी अधिकार प्राप्त है। अतः इनको खजाने पर नियुक्त करना उचित नहीं है। क्योंकि ऐसा व्यक्ति अपने अपराध को तो अपराध मानता ही नहीं और राजा को वश में समझकर मनमानी करने लगता है।''

पिंगलक बोला, ''आपका कथन यथार्थ है। ये दोनों ऐसे ही हैं। कभी-कभी मनमानी करते रहे हैं।''

स्तब्धकर्ण ने कहा, ''यह तो ठीक नहीं। नीति तो यह है कि राजा आज्ञा भंग करनेवाले पुत्र को भी माफ न करे। जो ऐसा नहीं करता, वह राजा अन्यायी ही है! इसलिए भाई, यह संजीवक तो घास चरनेवाला प्राणी है। तुम इसे ही मांस के भंडार पर नियुक्त कर दो।''

भाई के परामर्श पर पिंगलक ने संजीवक को मांस के भंडार की देखरेख के लिए नियुक्त कर दिया। उसके इस कार्य से उसके मांसभक्षी बंधु-बांधव कुछ रुष्ट अवश्य हुए, तो भी उसके बाद से पिंगलक और संजीवक के दिन बड़े प्रेमपूर्वक बीतते रहे।

यह देखकर दमनक और करटक चिंता में पड़ गए।

दमनक ने कहा, ''भाई! अब क्या किया जाए? हमारे कितने ही भाइयों को अब भरपेट भोजन तक नहीं मिलता। संजीवक का रुतबा तो बहुत बढ़ गया। राजा हमें गिनता ही नहीं। हमारा किया अब हमारे ही सामने आ रहा है।''

करटक निराश होकर बोला, ''सच कहते हो। लेकिन अब पछताने के सिवा हम कर ही क्या सकते हैं?''

दमनक ने कहा, ''नहीं, गलती हमारी ही है; लेकिन निराश होने से कुछ नहीं होगा। हमें उपाय करना पड़ेगा।''

''कैसा उपाय?''

''ऐसा उपाय कि पिंगलक और संजीवक का प्रेम टूट जाए और संजीवक का कत्ल हो जाए। तभी हमारे दिन दोबारा लौट सकते हैं।''

करटक ने फिर भी उदासी के साथ कहा, ''भाई, पिंगलक बड़ा पराक्रमी है और संजीवक भी कम बलवान नहीं। हम उनका कर ही क्या सकते हैं?''

दमनक बोला, ''तुम व्यर्थ ही चिंतित हो। जो काम पराक्रम से नहीं होता, वह भी उपाय से संभव हो जाता है। उपाय से काम लेकर ही एक कौए ने भयानक काले सर्प को मरवा दिया था।''

करटक ने आश्चर्य से पूछा, ''वह कैसे?''

दमनक कहानी सुनाने लगा—

उपाय का चमत्कार

किसी वन में एक पेड़ पर घोंसला बनाकर एक कौआ और उसकी मादा रहते थे। समय पर कौए की पत्नी गर्भवती हुई। उसने अंडे दिए। समय पर अंडों में से बच्चे निकल आए। बच्चे थोड़े बड़े हुए कि उसी पेड़ के खोंड़र में रहनेवाले एक काले साँप ने एक दिन उन

सबको निगल लिया।

कौआ दंपती को इससे बड़ा दु:ख हुआ। लेकिन साँप को दंड देने का उनके पास कोई उपाय नहीं था। वे मन मारकर रह गए। कुछ समय बाद कौए की पत्नी फिर गर्भवती हुई तो उसने अपने पति से कहा, ''देव, हमारे लिए यही उचित होगा कि अब इस पेड़ को छोड़कर किसी दूसरे पेड़ पर अपना घोंसला बना लें!''

''क्यों? ऐसा किसलिए?'' कौए ने पूछा।

उसने कहा, ''मैं पुन: गर्भवती हूँ। यदि हम इसी वृक्ष पर रहे तो वह काला साँप इस बार भी हमारे बच्चों को खा जाएगा। नीतिज्ञों का कहना है कि जिस घर में कर्कशा पत्नी हो, दुष्ट मित्र हो, उलटकर जवाब देनेवाला दुष्ट नौकर हो तथा जिस घर में सर्प रहता हो उस घर में मृत्यु हरदम सामने खड़ी रहती है।''

कौआ बोला, ''प्रिये, अब बहुत हो चुका। तुम डरो मत। अब तक तो हम इस अत्याचारी साँप की मनमानी सहते आए, लेकिन अब सहना असंभव हो गया है। अब मैं इसको माफ नहीं करूँगा!''

वह बोली, ''इस भयंकर विषधर जीव से आप भला लड़कर कैसे पार पाएँगे?''

कौए ने कहा, ''तुम्हें मुझपर संदेह नहीं करना चाहिए। मैं उससे सीधा युद्ध नहीं करूँगा, बल्कि बुद्धि से काम लूँगा। कहते हैं कि जिसके पास बुद्धि होती है, वही बलवान होता है। जो बुद्धिहीन है, उसमें बल कहाँ? तुमने वह कथा सुनी कि एक मतवाले सिंह को छोटे से खरगोश ने बुद्धिबल से ही मौत के घाट उतार दिया था?''

उसकी पत्नी ने पूछा, ''वह किस प्रकार?''

कौआ उसे कहानी सुनाने लगा—

बल से नहीं, बुद्धि से

मंदर पर्वत की एक कंदरा में दुर्दांत नाम का एक बड़ा ही बलवान सिंह रहता था। वह रोज ही जंगल के कितने ही जानवरों का संहार कर डालता था। उस वन के सभी जीव-जंतु उसके डर से काँपते रहते थे। सभी आतंकित रहते कि सिंह न जाने कब किसको दबोच ले।

अंत में, इस भय से छुटकारा पाने के लिए सभी जंगली जीवों ने निर्णय किया कि सिंह के पास जाकर उसीसे निवेदन किया जाए। वन्य-प्राणियों के कुछ चुने हुए प्रतिनिधि सिंह से

मिलने के लिए कंदरा की ओर गए। सिंह उन सबको आता देखकर हैरान तो था, फिर भी उनके समीप आने की प्रतीक्षा करता रहा।

पास पहुँचकर उन प्राणियों ने दुर्दांत को प्रणाम किया। फिर उनके नायक ने हाथ जोड़कर निवेदन किया, "देव, आप इस वन के राजा हैं। आपके बिना हमारा जीवन असुरक्षित है। यद्यपि हम सब आपके आहार हैं, पर आपसे एक विनती है कि आप दिन में व्यर्थ ही अनेक जीवों का वध कर देते हैं; जबकि आपका पेट एक से ही भर जाता है।"

"तो फिर?" सिंह ने गरजकर पूछा।

"महाराज, हमारा निवेदन है कि हम स्वयं ही प्रतिदिन आपके भोजन के लिए एक जानवर आपकी सेवा में भेज दिया करेंगे। इससे न तो हमको किसी प्रकार का भय रहेगा और न आपको ही आहार के लिए कोई परिश्रम करना पड़ेगा। आपका भोजन रोज समय पर आपकी सेवा में उपस्थित हो जाया करेगा।"

सिंह ने कुछ पल विचार कर कहा, "यदि तुम लोगों की ऐसी इच्छा है तो ठीक है; किंतु

इस बात का ध्यान रहे कि इस नियम में किसी प्रकार की ढिलाई नहीं आनी चाहिए। यदि ऐसा हुआ तो मैं तुम सबको एक बार में ही यमलोक पहुँचा दूँगा!''

नायक बोला, ''महाराज, इसमें किसी प्रकार का विलंब नहीं होगा।''

बस, उस दिन से रोज नियम से एक पशु सिंह की सेवा में भेज दिया जाता। इससे वन में हर पल छाया रहनेवाला आतंक समाप्त हो गया।

एक दिन सिंह का आहार बनकर जाने की बारी एक खरगोश की आ गई।

खरगोश मन-ही-मन सोचने लगा कि जीवित रहने की आशा से ही किसीसे विनती की जाती है। जब मेरी मृत्यु सिंह द्वारा निश्चित ही हो गई है तो फिर मैं उसको मनाने की अथवा प्रसन्न रखने की चेष्टा क्यों करूँ? मरना तो है ही।

यह विचार कर वह मंद-मंद चलने लगा। परिणाम यह हुआ कि उसे सिंह के पास पहुँचने में बहुत विलंब हो गया।

खरगोश जब सिंह के पास पहुँचा, तब सिंह भूख के मारे तड़प रहा था।

खरगोश को देखते ही सिंह ने गरजकर पूछा, ''एक तो तू इतना छोटा-सा खरगोश आहार बनकर आया और वह भी इतनी देर से! बता, तू इतनी देर कहाँ रहा?''

खरगोश बनावटी भय से काँपता हुआ बोला, ''राजन्, इसमें मेरा कोई कसूर नहीं है।''

सिंह तड़पकर बोला, ''तो फिर क्या मेरा कसूर है?''

''नहीं, महाराज, मैं यह कैसे कह सकता हूँ। चले तो हम दो खरगोश थे, किंतु रास्ते में हमें एक सिंह और टकरा गया था!''

''फिर?''

''उसने हमें पकड़ लिया। उसने मेरी गरदन मरोड़नी चाही, तभी मैंने चीखकर कहा कि यदि तुमने मुझे मार दिया तो हमारे महाराज तुमपर रुष्ट होकर तुम्हारे प्राण ले लेंगे।

''उसने पूछा—'कौन है तुम्हारा राजा?' तो मैंने बता दिया कि इस वन में रहनेवाले महाबली दुर्दांत हमारे महाराज हैं। हम उन्हींके पास आहार बनकर जा रहे हैं।''

दुर्दांत क्रोध से गुर्राया।

खरगोश जल्दी-जल्दी बताने लगा—

''उसने कहा—'नहीं, तुम झूठ बोलते हो। बचने का बहाना है।' तब मैंने कहा, 'नहीं, यही सच है। यदि तुम इसे बहाना समझते हो तो मेरे इस साथी को बंधक रख लो। मैं अपने राजा को लेकर तुम्हारे पास आता हूँ। तब तुम देख लोगे कि हमारे महाराज में

कितना बल है'।''

यह सुनकर दुर्दांत का क्रोध और भी बढ़ गया। उसने गरजकर कहा, ''चल, शीघ्र चलकर मुझे दिखा कि वह दुष्ट कहाँ रहता है!''

खरगोश ने आते समय रास्ते में एक गहरा कुआँ देख लिया था। उस कुएँ की मुँडेर पर बैठकर उसने काफी देर विश्राम भी किया था। खरगोश दुर्दांत को उसी कुएँ की ओर ले गया। पास पहुँचकर खरगोश ने कहा, ''महाराज, लगता है, आपको आते देखकर वह अपने दुर्ग में घुस गया है!''

''कहाँ है उसका दुर्ग?''

''यह रहा, महाराज!'' खरगोश ने सिंह को गहरा कुआँ दिखा दिया।

खरगोश स्वयं कुएँ की मुँडेर पर खड़ा हो गया। सिंह भी ऊपर खड़ा हो गया तो दोनों का प्रतिबिंब कुएँ के पानी में दिखाई पड़ा। खरगोश ने सिंह से कहा, ''देखिए महाराज, वह रहा मेरा साथी और वह उसके बराबर में आपका शत्रु खड़ा है।''

सिंह ने भी दोनों को देखा तो भीषण गर्जन किया। उसका गर्जन भी गूँजकर कुएँ से बाहर आया।

बस, फिर क्या था! सिंह ने आव देखा न ताव, शत्रु को दबोचने के लिए उसने कुएँ में छलाँग लगा दी।

इस प्रकार खरगोश ने बुद्धिबल से सिंह जैसे शत्रु को भी नष्ट कर दिया।

□

कथा सुनाकर कौआ बोला, ''इसीलिए कहता हूँ कि जिसके पास बुद्धि होती है, उसीके पास बल होता है।''

कौए की पत्नी ने कहा, ''अब यह भी तो बताइए कि साँप के लिए आप क्या करने का विचार कर रहे हैं?''

कौआ बोला, ''हमारे पास ही जो सरोवर है, प्रदेश का राजकुमार प्रतिदिन उसीमें स्नान के लिए आया करता है। कल जब वह स्नान करने आएगा और अपने वस्त्र-आभूषण उतारकर स्नान करने लगे तो तुम चुपचाप उसका कंठहार लाकर इस सर्प के खोंड़र में डाल देना।''

दूसरे दिन ठीक समय पर राजकुमार अपने सेवकों के साथ स्नान के लिए आया। उसने अपने वस्त्र-आभूषण उतारकर तट पर रखे और स्नान के लिए सरोवर में कूद गया।

कौए की पत्नी मौके की तलाश में थी। राजकुमार स्नान करने लगा और उसके सेवक तालाब के किनारे बैठकर आपस में बातचीत करने में मगन हो गए तो वह चुपचाप कंठहार चोंच में दबाकर उड़ी।

राजकुमार के सेवकों ने उसको देख लिया।

वे भाले और लाठियाँ लेकर उसका पीछा करते हुए आए। उन्होंने देखा कि मादा कौए ने हार पेड़ के खोंड़र में डाल दिया। सेवक पेड़ तक पहुँचे और चढ़कर देखा तो हार पड़ा दिखाई दिया। लेकिन एक ने हार उठाना चाहा कि काले साँप ने जोर से फुंकार मारी। सेवकों ने तुरंत साँप को मार डाला और हार लेकर सरोवर की ओर लौट गए।

□

कथा सुनाकर दमनक बोला, ''इसीलिए कहता हूँ कि जो काम मेहनत और ताकत से नहीं होता, वह भी युक्ति से सहज ही हो जाता है।''

करटक बोला, ''ऐसा है तो जाओ। जैसा बने, करो। मैं तुम्हारी सफलता की कामना करता हूँ।''

करटक द्वारा प्रोत्साहित होकर दमनक राजा पिंगलक के पास पहुँचा और प्रणाम करके

करबद्ध खड़ा रहा।

पिंगलक ने पूछा, "कहो, क्या बात है?"

दमनक बोला, "महाराज, मैं आपका पुराना सेवक हूँ। मैं इधर महसूस कर रहा हूँ कि आप पर विपत्ति के भयानक बादल मँडरा रहे हैं। उसीके विषय में मैं सेवा में हाजिर हुआ हूँ। कहते हैं कि विपत्ति के समय, दुर्गम मार्ग पर चलते समय और कार्यकाल का समय बीतता जानकर जो व्यक्ति बिना पूछे हित की बात कहे, वही शुभचिंतक होता है। और मंत्री के लिए यह नियम है कि सिर भी कट जाए तो कोई हानि नहीं, किंतु अपने राजा के पद को जो हड़पना चाहता हो उस व्यक्ति की उपेक्षा न करे।"

पिंगलक के मन में दमनक के प्रति जो चिढ़ थी, वह कुछ कम हुई। उसने सोचा, करता तो यह बुद्धि की बात है। उसने पूछा, "तुम कहना क्या चाहते हो?"

दमनक बोला, "स्वामी, मुझे तो स्पष्ट दिखाई दे रहा है कि यह संजीवक अब लगातार आपके विरुद्ध कार्य कर रहा है। उसने हम लोगों के सामने आपकी प्रभु-शक्ति, मंत्र-शक्ति और उत्साह-शक्ति की निंदा करते हुए आपका राज्य छीन लेने की इच्छा व्यक्त की है।"

पिंगलक ने यह सुना तो हैरान रह गया। चोट पिंगलक के मर्मस्थल को बींध गई थी। ठीक मौका जानकर दमनक ने तुरंत कहा, "महाराज, आपने सब मंत्रियों को निरस्त करके मात्र संजीवक को सर्वाधिकारी बना दिया। ऐसा करना कदाचित् ठीक नहीं था। नीति कहती है कि जब राजा अपने किसी एक ही मंत्री पर भरोसा करके उसको संपूर्ण राज्य का अधिकारी बना देता है तो स्वाभाविक है कि उस मंत्री को अभिमान हो जाए। सत्ता का नशा और आलस्य इन दोनों के अधीन ऐसे मंत्री के मन में भेदभाव भी उत्पन्न होने लगता है। उसके मन में सर्वोपरि बनने की भावना जोर पकड़ने लगती है। उसका नतीजा यह होता है कि वह राजा से द्रोह करने लगता है और उसका प्राण लेने पर भी उतारू हो जाता है। संसार में कौन ऐसा है, जो लक्ष्मी पर लुभा न जाए!"

सिंह पिंगलक ने दमनक की बात पर विचार किया। फिर बोला, "दमनक, तुम्हारा कहना भले ही सत्य हो, किंतु तुम तो जानते ही हो कि संजीवक पर मेरा कितना स्नेह है। कहा गया है कि जो अपना प्रिय है, वह कितना ही अपराध कर डाले, प्रिय तो प्रिय ही रहेगा।"

दमनक ने फिर कहा, "राजन्! यही तो सबसे बड़ा दोष है। चाहे पुत्र हो, मंत्री हो अथवा कोई भी क्यों न हो, जिसको राजा एक बार अपनी आँखों पर बैठा लेता है, उससे प्रेम करने लगता है। बस, वह तो लक्ष्मी का पात्र ही बन जाता है। लेकिन महाराज, पथ्य भले ही

अप्रिय होता हो, किंतु उसका परिणाम तो आनंददायक ही होता है।''

सिंह कहने लगा, ''कितनी हैरानी की बात है, मैंने ही संजीवक को अभयदान दिया, अपने नजदीक रखा, उसका पालन-पोषण किया, तब वह क्यों मुझसे द्रोह करने लगा है?''

दमनक बोला, ''महाराज, दुर्जन की चाहे प्रतिदिन कितनी भी सेवा की जाए, वह सज्जन तो नहीं हो जाता। कुत्ते की पूँछ को चाहे बारह वर्ष तक नली में बाँधकर रखा जाए, वह तो टेढ़ी-की-टेढ़ी ही रहेगी। मैं तो यह सब इसलिए कहता हूँ कि सज्जनों का धर्म है कि जिसकी विजय चाहते हों, उसके हित का ही परामर्श दें। यह दुष्ट संजीवक द्रोही बनकर आपके हर काम में अनुचित हस्तक्षेप करता रहता है, फिर भी आपका मन उसकी ओर से नहीं फिरता है तो फिर इसमें हम जैसे शुभचिंतकों का कोई दोष नहीं।''

पिंगलक को बात ठीक ही लग रही थी। फिर भी उसने सोचा, दूसरों की शिकायत पर किसी को दंड नहीं देना चाहिए। पहले स्वयं भलीभाँति स्थिति का अध्ययन कर लेना चाहिए। उसने कहा, ''तो क्या तुम यह राय देते हो कि संजीवक को यहाँ से निकाल दिया जाए?''

दमनक बोला, ''नहीं, महाराज, ऐसा करने से तो अपना ही सारा भेद खुल जाएगा। वह स्वतंत्र होकर जहाँ जाएगा, आपका भेद शत्रुओं में बाँटता फिरेगा और यदि दोष देखकर भी आप उसके साथ संधि करने का विचार करते हैं तो वह और भी अनुचित है। क्योंकि एक बार नाराज हुए मित्र को जो व्यक्ति फिर मिलाना चाहता है, वह स्वयं मारा जाता है।''

सिंह बोला, ''अच्छा, पहले यह तो पता लगाने की कोशिश करो कि संजीवक हमारा

क्या कर सकता है?''

दमनक बोला, ''महाराज! किसीका अंग और अंगीभाव जाने बिना उसकी सामर्थ्य का निर्णय किस प्रकार किया जा सकता है? क्या आपने सुना नहीं कि एक साधारण-सी टिटिहरी ने विशाल समुद्र को भी व्याकुल कर दिया था?''

सिंह ने पूछा, ''वह किस प्रकार?''

दमनक कथा सुनाने लगा—

नन्ही टिटिहरी तथा विशाल सागर

विशाल दक्षिणी समुद्र के तट पर एक टिटिहरी परिवार रहता था। एक बार की बात है, टिटिहरी गर्भवती थी। प्रसवकाल निकट आया तो उसने अपने पति से कहा, ''देव! प्रसवकाल निकट है, इसलिए हमें किसी सुरक्षित स्थान की व्यवस्था करनी चाहिए।''

उसके पति ने कहा, ''यह स्थान क्या बुरा है? यहीं प्रसव होने दो।''

पत्नी ने कहा, ''यह स्थान चारों ओर से समुद्र से घिरा होने के कारण उचित नहीं है। समुद्र कभी भी हमारे अंडों को बहाकर ले जा सकता है।''

पति बोला, ''क्या हम इतने कमजोर हैं कि समुद्र हमको बहा ले जाएगा?''

टिटिहरी बोली, ''क्या बात करते हो? कहाँ समुद्र इतना विशाल और कहाँ तुम इतने छोटे जीव!''

जो व्यक्ति योग्य-अयोग्य का निर्णय कर सकता है और शत्रु को परास्त करने की युक्ति जानता है, वह संकट आने पर भी दुखी नहीं होता। लेकिन साथ ही यह भी कहा गया है कि गलत काम करना, स्वजनों का विरोध करना और ताकतवर से मुकाबला करना अपने विनाश का उपाय करना है।

किंतु टिटिहरी का पति उस स्थान को छोड़ने के लिए तैयार नहीं था। उसका स्वाभिमान उसे ऐसा करने की आज्ञा नहीं देता था।

मजबूर होकर टिटिहरी को वहीं अंडे देने पड़े।

पति-पत्नी में जब स्थान के विषय पर वाद-विवाद हो रहा था तब समुद्र यह सब सुन रहा था। उसने टिटिहरी के पति की गर्वोक्ति सुनी थी। उसने सोचा, देखा जाए यह क्या करता

है। यह विचार कर समुद्र ने उसके अंडे बहा लिये।

टिटिहरी को इससे बड़ा दु:ख हुआ। शोकाकुल टिटिहरी ने अपने पति से कहा, ''स्वामी, समुद्र ने आखिर वही कर डाला, जिसकी मुझे आशंका थी।''

पति बोला, ''प्रिये, तुम चिंता न करो। मैं समुद्र से अपने अंडे लाकर दिखाऊँगा।''

टिटिहरी को भरोसा देकर उसका पति अपने मित्रों के पास गया। उनके सामने उसने अपनी बात रखी और समुद्र के अत्याचार की कहानी सुनाई। सब पक्षी मिलकर अपने राजा गरुड़ के पास गए।

गरुड़ ने जब इतनी बड़ी भीड़ देखी तो वह चौकन्ने हो गए। टिटिहरी के पति ने पक्षियों के राजा को अपनी करुण कहानी सुनाई। फिर कहा, ''राजन्, मैं तो अपने घर पर सुख से रहता था। मैंने समुद्र के प्रति कभी कोई अपराध नहीं किया, फिर उसने मेरे साथ ऐसा निर्मम व्यवहार क्यों किया? मुझे क्यों सताया?''

गरुड़ ने उसको सांत्वना देते हुए कहा, ''तुम तनिक भी चिंता मत करो। मैं इसका उपाय करता हूँ।''

गरुड़ ने पक्षियों को आश्वासन देकर बिदा कर दिया और स्वयं जाकर विष्णु भगवान् के पास पहुँचे।

विष्णु भगवान् ने गरुड़ को असमय आया देखकर पूछा, ''कहो गरुड़, कैसे आना हुआ?''

''भगवन्! आप मेरे स्वामी ही नहीं, तीनों लोकों के अधिपति भी हो। मुझे आपने पक्षियों का राजा बनाया है। लेकिन समुद्र हमारी प्रजा पर अत्याचार कर रहा है। वह अपने तट

पर निवास करनेवाले एक साधारण-से टिटिहरी दंपती के अंडों को बहा ले गया। जबकि उस निर्दोष ने समुद्र का कोई अहित भी नहीं किया था।''

भगवान् विष्णु गरुड़ के साथ स्वयं समुद्र की ओर चले।

समुद्र ने जब देखा कि भगवान् विष्णु स्वयं चले आ रहे हैं तो उसने तत्काल उनको प्रणाम किया। भगवान् ने उससे पूछा, ''टिटिहरी दंपती ने तुम्हारा क्या बिगाड़ा था?''

''कुछ नहीं, भगवन्।''

''फिर तुम उनके अंडों को क्यों बहा लाए?''

समुद्र उस प्रश्न का क्या उत्तर देता। वह चुप ही रहा। उसने तो टिटिहरी का सामर्थ्य देखने के लिए यह कांड किया था। उसे क्या पता था कि यह बात भगवान् विष्णु तक पहुँच जाएगी। वह अपराधी-सा बना खड़ा रहा।

भगवान् ने समुद्र को आज्ञा दी, ''टिटिहरी के अंडों को तुरंत वापस कर दो।''

समुद्र ने तत्काल टिटिहरी के अंडे वापस कर दिए। भगवान् विष्णु गरुड़ पर बैठकर अपने लोक को लौट गए।

□

दमनक ने यह कथा सुनाकर कहा, ''महाराज, इसीलिए मैं कहता हूँ कि उसके भाव और सामर्थ्य को जानकर ही कुछ करना उचित है।''

पिंगलक बोला, ''मैं यह किस प्रकार समझूँ कि संजीवक मेरे साथ द्रोह कर रहा है?''

दमनक बोला, ''इसमें समझने को है ही क्या, महाराज! अगली बार जब संजीवक आपके पास आए तो आप उसके हाव-भाव ध्यान से देखें। यदि लगे कि क्रोध से उसकी आँखें लाल हैं, उसकी गरदन झुकने के बजाय तनी है और वह सहज नहीं है, तब आप समझ लीजिए कि उसका हृदय साफ नहीं है।''

पिंगलक ने कहा, ''अच्छा देखूँगा।''

दमनक ने राजा से आज्ञा ली और वहाँ से लौट पड़ा।

दमनक उसके बाद संजीवक के पास पहुँचा। उसने अपनी गति धीमी कर ली और भाव कुछ ऐसा बना लिया मानो उसको आश्चर्य हो रहा हो।

संजीवक ने उसको विचलित देखा तो बोला, ''सब कुशल तो है न? आज चिंतित लग रहे हो?''

दमनक ने कहा, ''भला राजा के सेवक के लिए कुशल कहाँ! उसका जीवन ही नहीं,

धन-संपत्ति सबकुछ तो पराधीन होता है। फिर जो दुर्जन के फंदे में फँसा हो, वह क्या कभी कुशल से रह सकता है!''

सुनकर संजीवक व्यग्र हो उठा। बोला, ''मित्र, खुलकर कहो, बात क्या है?''

दमनक अभिनय-सा करता हुआ बोला, ''बंधु, असल में मैं ही अभागा हूँ। जैसे कोई व्यक्ति समुद्र में डूब रहा हो और अचानक उसको सर्प का सहारा मिल जाए। उस समय वह न तो सर्प को पकड़े रह पाता है, न उसको छोड़ ही सकता है। ठीक वही दशा मेरी भी हो रही है। क्योंकि एक ओर तो राजा का विश्वास नष्ट होता है, दूसरी ओर अपने भाई का विनाश दिखाई दे रहा है। ऐसी स्थिति में क्या करूँ और कहाँ जाऊँ? मैं तो दु:ख के भँवर में फँस गया हूँ।'' कहकर दमनक ने गहरी साँस ली और बेबस-सा सिर थामकर वहीं बैठ गया।

एकदम बेचैन होकर संजीवक बोला, ''मित्र! बात क्या है? कुछ मुझे भी तो बताओ।''

दमनक ने खूब गढ़-गढ़कर बात बनाई। बोला, ''राजा के भेद की कोई भी बात कहनी तो नहीं चाहिए, किंतु आप तो मेरे विश्वास पर ही यहाँ आए थे। इसलिए परलोक का ध्यान रखते हुए मुझे आपके हित की बात तो आपको बतानी ही चाहिए।''

संजीवक बोला, ''हुआ क्या?''

''अच्छा तो ध्यान देकर सुनो। मैं देख रहा हूँ कि हमारे स्वामी पिंगलक की आजकल आप पर घोर कुदृष्टि है। एक दिन तो उन्होंने एकांत में मुझसे कहा भी कि मैं इस संजीवक को मारकर अपने परिवार को संतुष्ट करूँगा! यह सुनकर मैं तो भौचक्का रह गया था।''

संजीवक की तो जान ही सूख गई।

दमनक बोला, ''अब शोक करना तो बेकार है। समय का चक्र पहचानकर उसका उपाय करो।''

संजीवक मन-ही-मन विचारने लगा कि यह जरूर किसी दुष्ट की चाल होगी, अन्यथा पिंगलक यों ही मुझसे क्यों रुष्ट हो गया।

वह बोला, ''आखिर मैंने राजा का बिगाड़ा ही क्या है? लेकिन कहा जाता है कि राजा बिना कारण के भी अपकारी हो जाया करता है।''

''हाँ, आपकी बात काफी हद तक ठीक है। यह स्वामी तो मुँह का मीठा और हृदय का विषैला ही सिद्ध हुआ है। लेकिन अब करें भी तो क्या! विधाता ने हर बात के प्रतिकार का उपाय बनाया है; जैसे हाथी के लिए भी अंकुश रचा है। किंतु मेरा विचार है कि दुष्टों की चित्तवृत्ति को ठीक करने में ब्रह्मा भी असफल ही रहा।''

संजीवक ने एक बार फिर नि:श्वास छोड़ा। ओह! घोर विपत्ति है। अब वह रुष्ट हो ही गया है तो उससे सावधान रहने में ही भलाई है। अब उसकी आज्ञा का पालन करना भी उचित नहीं है।

सोच-विचार में उलझे संजीवक ने कहा, ''मित्र, किंतु यह तो बताओ कि मुझे यह कैसे विश्वास हो कि वह मुझे मार डालने को ही तत्पर है?''

दमनक ने कहा, ''जब तुम उसके समीप पहुँचोगे, उस समय अगर पिंगलक कान सिकोड़े, पूँछ फटकारे, पैर उठाए और मुँह बाए तुम्हारी ओर देखे तो जान लो कि उसके मन में तुम्हारे प्रति मैल है। ऐसे में तुम भी अपना पराक्रम प्रकट करना। बलवान् होकर भी जो तेजरहित हो, वह अनादर का पात्र बन जाता है। किंतु यह सब तुम गुप्त रीति से करना, अन्यथा न तो तुम रह पाओगे, न मैं ही।''

यह कहकर दमनक चल पड़ा।

करटक पूछने लगा, ''क्या हुआ?''

दमनक ने कहा, ''बस, उन दोनों में परस्पर फूट के बीज तो बो दिए हैं। अब देखो...''

''तुम्हारी बुद्धि पर किसे शक हो सकता है! कहा गया है कि धूर्त व्यक्ति अपने लाभ के लिए धनी लोगों को दुराचारी बना डालते हैं। अग्नि के समान ही दुष्ट का संसर्ग भी क्या-क्या गुल नहीं खिलाता!''

उसके बाद दमनक फिर राजा पिंगलक के पास पहुँचा। बोला, ''स्वामी, वह पापात्मा इधर ही आ रहा है। आप तैयार हो जाइए।''

संजीवक जब पहुँचा तो उसने सिंह को ठीक उसी अवस्था में देखा, जिसका दमनक ने उसके सामने वर्णन किया था। वह समझ गया कि पिंगलक का मन साफ नहीं है। उसने तत्काल पराक्रम दिखाया और पिंगलक पर टूट पड़ा।

दोनों में भयंकर युद्ध हुआ। संजीवक भी पीछे नहीं रहा। किंतु था तो घास खानेवाला, सिंह का आहार ही। अंत में सिंह ने उसे मार गिराया।

संजीवक को मार गिराने के बाद पिंगलक चुपचाप एक ओर बैठ गया। वह कुछ स्थिर हुआ तो मन-ही-मन सोचने लगा, मैंने यह कैसा क्रूर कर्म कर डाला।

दमनक ने उसे शोकाकुल देखा तो उसको आश्वस्त करते हुए कहा, ''स्वामी, यह आपकी कौन-सी नीति है? शत्रु को मारकर अब पछतावा क्यों कर रहे हैं? कृतघ्न व्यक्ति का तो नष्ट होना ही ठीक है।''

दमनक ने अनेक चतुराई-भरी नीति की बातें कीं और चाटुकारिता के बल पर राजा पिंगलक को समझाया तो वह कुछ आश्वस्त हुआ और जाकर अपने सिंहासन पर बैठ गया।

दमनक यह देखकर प्रसन्न हो गया। क्यों न हो, उसका खोया हुआ अधिकार पुनः प्राप्त जो होने वाला था। 'महाराज की जय हो', इस घोष से उसने आसमान गुँजा दिया।

दमनक ने अपनी धूर्तता और चतुराई से दो घनिष्ठ मित्रों के बीच भेद पैदा करके अपना खोया हुआ अधिकार प्राप्त कर ही लिया।

□

यह सब सुनाकर विष्णु शर्मा ने राजकुमारों से पूछा, "आप सबने सुहृदभेद का गूढ़ रहस्य सुन लिया?"

राजकुमारों ने एक स्वर से उत्तर दिया, "जी हाँ, सुनकर समझ भी लिया, गुरुदेव!"

विष्णु शर्मा ने उनको आशीर्वाद देते हुए कहा, "तुम भी नीति के बल पर अपने शत्रुओं को परास्त करो। कल्याण हो!"

विग्रह

अगली बार राजकुमारों ने प्रार्थना की, "गुरुदेव, हम सब राजकुमार हैं, इसलिए हम विग्रह का ज्ञान भी पाना चाहते हैं।"

विष्णु शर्मा बोले, "आप लोगों की यही इच्छा है तो मैं आपको विग्रह संबंधी शिक्षा भी देता हूँ।"

उन्होंने कहा, "एक बार समान बलशाली हंसों और मयूरों का युद्ध हुआ। उस समय

चालाक कौओं ने हंसों के मन में विश्वास जगाया और उनके घर में ही पैठकर बस गए। वहाँ रहकर उन्होंने हंसों को ठग लिया।''

राजपुत्रों ने पूछा, ''वह किस प्रकार?''

विष्णु शर्मा कहने लगे—

कर्पूरद्वीप में पद्मकेलि नाम का एक सरोवर है। वहाँ हिरण्यगर्भ नाम का एक राजहंस रहता था। वहाँ के सब जलचर पक्षियों ने मिलकर उसे सर्वसम्मति से अपना राजा बना दिया।

राजा यदि लायक नेता न हो तो उसकी प्रजा समुद्र में बिना पतवार की नौका के समान बह जाती है। राजा ही प्रजा की रक्षा करता है।

एक दिन राजहंस हिरण्यगर्भ कमल पुष्पों की शय्या पर अपने परिवार के साथ आनंद से बैठा था। कुछ ही देर बाद दीर्घमुख नामक बगुला वहाँ आया। वह किसी अन्य देश का भ्रमण करके लौटा था। उसने राजा को प्रणाम किया और बैठ गया।

राजा ने पूछा, ''दीर्घमुख, विदेश भ्रमण करके आ रहे हो। कहो, कैसे हो?''

दीर्घमुख बोला, ''क्या बतलाऊँ, महाराज, बहुत लंबा और महत्त्वपूर्ण वृत्तांत है। वही सुनाने के लिए तो मैं आपकी सेवा में उपस्थित हुआ हूँ।''

दीर्घमुख सुनाने लगा—

''जंबूद्वीप में विंध्य पर्वत है। वहाँ के पक्षियों का राजा चित्रवर्ण मयूर उसी पर्वत पर रहता है। उसके अनुचरों ने मुझे दंडकारण्य में घूमते हुए देखा तो पूछने लगे कि मैं कौन हूँ और कहाँ से आया हूँ, इत्यादि। मैंने उनको बताया कि मैं कर्पूरद्वीप के चक्रवर्ती राजा हिरण्यगर्भ राजहंस महाराज का सेवक हूँ और कौतूहलवश अन्य देश देखने की इच्छा से भ्रमण के लिए यहाँ आया हूँ। यह सुनकर उन पक्षियों ने पूछा, 'अच्छा, तुमने अपना देश तो देखा ही होगा और अब तुम हमारे देश को भी देख चुके। अपने राजा के राज्य में तो तुम रहते ही हो, अब हमारे राजा के राज्य में भी भ्रमण कर लिया। अब तुम यह बताओ कि इन दोनों में कौन-सा देश और कौन-सा राजा तुम्हें अच्छा लगा?'

''मैं और कह भी क्या सकता था। मैंने कह दिया, 'कर्पूरद्वीप तो साक्षात् स्वर्ग है और वहाँ के राजा तो बस, मानो दूसरे इंद्र ही हैं। तुम लोग इस मरुभूमि में क्यों अपना जीवन नष्ट कर रहे हो? चलो, मेरे साथ मेरे देश को चलो।' मेरी इस बात पर अनुचरों को बड़ा क्रोध आया। यही स्वाभाविक भी था। साँप को दूध पिलाना उसके विष को बढ़ाना ही है। इसी प्रकार मूर्खों को उपदेश देना उनके क्रोध को बढ़ाना होता है। विद्वान् मनुष्य को चाहिए कि वह

योग्य व्यक्ति को ही उपदेश दे, मूर्खों को नहीं। एक बार पक्षियों ने वानरों को उपदेश दे दिया तो उनको अपने घर से ही हाथ धोने पड़े।''

राजहंस ने पूछा, ''वह कैसे?''

दीर्घमुख कहने लगा—

पक्षी और मूर्ख बंदर

नर्मदा के तट पर सेमर का एक बहुत बड़ा पेड़ था। अनेक पक्षियों ने आकर उसकी शाखाओं पर अपने-अपने घोंसले बना लिये थे और उनमें बड़े आनंद से रह रहे थे।

वर्षा ऋतु की बात है। एक दिन घने काले-काले बादल घिर आए। मूसलाधार बारिश होने लगी। पक्षी उड़कर अपने-अपने घोंसलों में आकर छिपने लगे। कुछ देर बाद वानरों का एक झुंड भी भागा-भागा आया और उसी पेड़ के नीचे बारिश से बचने के लिए बैठ गया। ठंड इतनी थी कि बंदर काँप रहे थे। उन्हें भीगते देखकर पक्षियों को उनपर बड़ी दया आई।

एक पक्षी बोल पड़ा,

"वानर भाइयो, सुनो। हम एकदम छोटे-छोटे हैं, फिर भी हम लोगों ने केवल चोंच के सहारे तिनके चुन-चुनकर अपने रहने के लिए घोंसले बना लिये हैं। तुम लोगों के तो परमात्मा ने हाथ-पैर दोनों ही दिए हैं। फिर तुम लोग अपने लिए घर क्यों नहीं बना लेते?"

यह सुनकर ठंड से ठिठुरते वानरों को क्रोध आ गया—घोंसलों में मजे से बैठे ये पक्षी हमारी खिल्ली उड़ा रहे हैं। जरा बारिश तो रुकने दो।

और बारिश रुकते ही सारे वानर पेड़ पर चढ़ गए तथा सारे घोंसलों को तोड़कर जमीन पर फेंक दिया।

□

यह कहानी सुनाकर दीर्घमुख ने कहा, "इसलिए मैं कहता हूँ कि समझदार लोगों को ही उपदेश देना चाहिए।"

राजा ने पूछा, "इसके बाद चित्रवर्ण के अनुचरों ने क्या किया?"

बगुला बोला, "उनको क्रोध आ गया। वे कहने लगे, उस राजहंस को किसने राजा बना दिया! मैंने भी क्रुद्ध होकर पूछा, तुम्हारे मोर को किसने राजा बना दिया? यह सुनकर वे सब मुझे मारने पर तुल गए। तब मैंने भी अपनी शक्ति का परिचय दिया; क्योंकि समय पड़े तो पराक्रम ही शोभा देता है।"

राजा हँस पड़ा। उसने कहा, "लेकिन जो अपने तथा दूसरे के बल तथा निर्बलता को नहीं जानता, उसको शत्रुओं द्वारा अपमानित होना पड़ता है। वह बाघ की खाल ओढ़कर बहुत दिनों तक हरे-भरे खेतों को चरनेवाले गधे की कथा जानते हो न, जिसे अपनी वाणी के दोष के कारण जीवन से भी हाथ धोना पड़ा था?"

बगुले ने पूछा, "वह कथा कैसी है, महाराज?"

राजहंस सुनाने लगा—

बाघंबरधारी गधा

हस्तिनापुर नगर में एक धोबी रहता था। उसका नाम विलास था। बोझ ढोने के लिए विलास ने एक गधा रखा हुआ था। लेकिन धोबी उसे पेटभर भोजन नहीं दिया करता था। हाँ, उसकी पीठ पर भारी-भारी बोझ जरूर लादा करता था। परिणाम यह हुआ कि गधा बहुत

कमजोर हो गया।

एकदम मरियल-सा हो जाने पर गधा बोझ ढोने में असमर्थ हो गया तो धोबी को एक युक्ति सूझी। वह कहीं से बाघ की एक खाल ले आया। उसे अपने गधे को ओढ़ाकर वह रात के समय उसे पास के खेतों में चरने के लिए छोड़ देता।

खेतों के मालिक अथवा रखवाले रात के समय उस ओर आते भी तो उसे बाघ समझकर डर के मारे वहाँ से भाग जाते। गधा आजादी से रात-भर खेतों में चरता। सुबह उसका स्वामी विलास आकर उसे घर ले जाता।

इस प्रकार धोबी के बिना खिलाए-पिलाए ही गधा खूब मोटा होता रहा।

लेकिन एक किसान से खेती का रोज-रोज का नुकसान बरदाश्त नहीं हुआ। उसने एक रात बाघ से निपटने की ठान ली और मटमैले रंग का एक कंबल ओढ़कर वह धनुष-बाण सहित अपने खेत में सुरक्षित स्थान पर छिपकर बैठ गया।

उसपर गधे की दृष्टि पड़ी तो उसने समझा, यह भी कोई गधा ही है। उसके मन में प्यार उमड़ आया और उसने रेंकना शुरू कर दिया।

यह देखकर किसान का भय जाता रहा। उसने तत्काल गधे को मार डाला।

□

कथा सुनाकर राजा ने कहा, ''वाणी में दोष हो तो प्राण जाने का भी भय रहता है।''

दीर्घमुख ने आगे की कथा सुनाते हुए कहा—''फिर तो वे चिल्ला पड़े, 'अरे पापी, दुष्ट, हमारी भूमि पर रहकर तू हमारे ही राजा की निंदा करता है।' वे मुझे चोंचों से मारते हुए मुझपर टूट पड़े। बोले, 'अरे मूर्ख, तेरा राजा तो बड़ा ही कोमल स्वभाव का है। कोमलता से तो राजा के अधिकार की रक्षा नहीं हो पाती। ऐसा राजा तो अपनी हथेली पर रखे धन की भी रक्षा नहीं कर सकता। फिर वह धरती पर शासन कैसे कर सकता है? समझदार को चाहिए कि सदा बड़ों का ही सहारा ले। शक्तिशाली राजा के नाम से ही कार्य सिद्ध हो जाता है। जैसे चंद्रमा के नाम के सहारे ही खरगोश सुखपूर्वक रहते थे।'

''मैंने उनसे पूछा, 'वह कैसे?'

पक्षी सुनाने लगे—

खरगोशों का राजा और हाथी

एक समय की बात है। वर्षा ऋतु आ जाने पर भी उस साल बूँद तक नहीं पड़ी। गरमी के कारण छोटे-बड़े सभी सरोवर सूख गए। पानी के अभाव में प्राणी बिलखने लगे।

हाथियों का एक झुंड भी पानी के बिना व्याकुल था। जिस वन में वह झुंड रहा करता था, उसके आसपास सरोवर भी सूख गए थे। यहाँ तक कि उनका कीचड़ भी सूख गया था।

इससे दुखी होकर हाथियों ने अपने राजा के पास जाकर प्रार्थना की, ''महाराज, अब हम लोगों के जीवित रहने का क्या साधन है? हमारी तो बात छोड़िए, हमारे छोटे-छोटे बच्चे भी पानी के अभाव में तड़प रहे हैं। क्या किया जाए?''

गजराज बोला, ''एक ही उपाय है। चलो, कहीं और चलते हैं, जहाँ पानी हो। फिर जब वर्षा हो जाएगी तो अपने स्थान पर लौट आएँगे।''

यह निश्चय करके हाथियों का झुंड पानी की खोज में अन्य वन की ओर चल पड़ा। सौभाग्य से उनको एक जगह भरा-पूरा सरोवर मिल भी गया।

उस दिन हाथियों ने जी भरकर जल पिया और दिन-भर सरोवर में विहार भी करते रहे। उनके मुरझाए हुए बच्चे भी आनंदित हुए।

एक का सुख तो दूसरे का दुःख। हाथी तो आनंदित हुए, किंतु उस सरोवर के तट पर निवास करनेवाले खरगोश इससे बड़े दुखी हुए। हाथियों के पैरों तले कुचलकर कितने ही

खरगोश मर गए और कितने ही घायल तड़पते रहे।

यह दुर्दशा देखकर उन्हें चिंता हुई कि अब इन हाथियों ने इस सरोवर को देख लिया है। ये रोज ही यहाँ जलविहार करने आएँगे। यदि ऐसा ही होता रहा तो दो-चार दिन में हमारा सारा वंश ही नष्ट हो जाएगा।

उन्होंने मंत्रणा की, क्या किया जाना चाहिए? हाथियों को किस प्रकार यहाँ से हटाया जा सकता है?

विजय नाम के एक अनुभवी खरगोश ने कहा, ''तुम लोग चिंता मत करो। मैं आज ही इसका पक्का उपाय करूँगा।''

वह हाथियों से मिलने के लिए चल पड़ा।

विजय ने प्रतिज्ञा कर ली थी कि वह हाथियों को यहाँ से भगाकर ही चैन लेगा।

रास्ते में वह सोच रहा था कि हाथियों के झुंड के पास पहुँचकर मुझको क्या कहना चाहिए? हाथी तो बड़ा ही बलवान होता है। उसके स्पर्श से ही हमारी तो जान निकल जाएगी। ऐसे लोगों के पास तो जाना ही नहीं चाहिए। इसलिए अच्छा होगा कि मैं पर्वत के शिखर पर चढ़कर दूर से ही उनसे बात करूँ।

वह एक शिखर पर चढ़ गया। हाथियों का झुंड नीचे विश्राम कर रहा था। शिखर पर खड़े होकर विजय ने गजराज को ललकारा, ''अरे गजराज, तुमने यह कैसी मूर्खता कर डाली!''

गजराज बोला, ''तुम कौन हो? और मैंने ऐसी क्या मूर्खता कर डाली?''

विजय बोला, ''मैं शशांक हूँ—भगवान् चंद्रदेव का दूत। उन्होंने ही मुझे तुम्हारे पास भेजा है।''

चंद्रदेव का नाम सुनकर गजराज कुछ ढीला पड़ा। बोला, ''हाँ, बोलो, क्या काम है मुझसे?''

विजय कहने लगा, ''सुनो, सिर पर तलवार लटकी होने पर भी दूत कभी असत्य बात नहीं कहता, क्योंकि दूत अवध्य होता है। सुनो, हमारे महाराज चंद्रदेव का कहना है कि तुमने इस सरोवर की रखवाली करनेवाले मेरे शशांकों पर अत्याचार करके बड़ा अनुचित कार्य किया है। मैंने सदा ही खरगोशों की रक्षा की है, इसीसे मेरा नाम शशांक पड़ा है।''

चंद्रमा का नाम सुनकर गजराज घबरा तो पहले ही गया था। उसने सहमकर कहा, ''इस बार हमें क्षमा कर दो। फिर ऐसा कभी नहीं होगा।''

लेकिन विजय को विश्वास नहीं हुआ कि हाथियों का झुंड सचमुच वहाँ से टल जाएगा। संभव है, प्यास से तड़पने पर वे पुन: यहाँ पानी पीने चले आएँ। अत: उसने कहा, ''यदि ऐसी बात है तो चलो, सरोवर पर चलकर क्रोध से काँपते हुए भगवान् चंद्रदेव को प्रणाम करके उनके सामने प्रतिज्ञा करो और तुरंत यहाँ से कूच कर जाओ।''

गजराज को लेकर विजय सरोवर के समीप गया। सरोवर की तरंगों के बीच चंद्रमा का प्रतिबिंब हिलता दिखाई दे रहा था। विजय ने हाथी को यह सब दिखाकर उसे चंद्रदेव को प्रणाम करने के लिए कहा।

हाथी के प्रणाम करने पर विजय भी हाथ जोड़कर बोला, ''इनसे यह अपराध अनजाने में हो गया है, देव। इस बार इनको क्षमा कर दीजिए। भविष्य में ये ऐसा नहीं करेंगे। इन्होंने वचन दिया है कि अब ये इस सरोवर पर फिर कभी नहीं आएँगे।''

इस प्रकार डराकर उसने गजराज को वहाँ से बिदा किया। हाथियों का झुंड लेकर गजराज रातोरात वहाँ से चला गया।

□

कथा सुनाकर पक्षी बोले, ''इसीसे हम कहते हैं कि कहीं-कहीं सशक्त स्वामी के नाम

से ही कार्य की सिद्धि हो जाती है।''

बगुला राजहंस को बताने लगा—

उनकी बात सुनकर मैंने कहा, ''हमारे प्रभु राजहंस भी बड़े प्रतापी हैं। उनमें अपार सामर्थ्य है। वे तो तीनों लोकों का राज्य सँभाल सकते हैं। इस छोटे से राज्य की तो बात ही क्या है!''

यह बात सुनकर पक्षी और भी कुपित हो उठे। उन्होंने मुझपर आरोप लगाया कि मैं उनकी धरती पर क्यों विचर रहा हूँ। यह आरोप लगाकर वे मुझको अपने राजा चित्रवर्ण के पास ले गए।

राजा के सामने ले जाकर उन्होंने कहा, ''देव! इसे प्राणदंड दीजिए। यह न जाने किस देश से यहाँ आकर विचर रहा है। हमारा ही खा-पी रहा है, ऊपर से आपकी निंदा करता है।''

तब राजा ने पूछा, ''यह है कौन और कहाँ से आया है?''

राजा के सैनिकों ने कहा, ''महाराज! यह दीर्घमुख नाम का बगुला है। कर्पूरद्वीप के राजा हिरण्यगर्भ राजहंस का अनुचर है।''

उस राजा का प्रधानमंत्री एक गिद्ध है। उसने मुझसे पूछा, ''तुम्हारे यहाँ का प्रधानमंत्री कौन है?''

मैंने कहा, ''सब शास्त्रों में पारंगत सर्वज्ञ नाम का चकवा हमारा प्रधानमंत्री है।''

यह सुनकर गिद्ध बोला, ''ठीक है, वह हमारे ही देश का है। राजा को चाहिए कि वह अपने देश और कुल के अनुरूप आचरण करनेवाले, विशुद्ध, पवित्र हृदय, मंत्रणा का महत्त्व जाननेवाले, व्यसन-रहित, सदाचारी, विद्वान् और धन कमानेवाले व्यक्ति को ही अपना मंत्री बनाए।''

इस बीच तोता बोल उठा, ''श्रीमन, कर्पूरद्वीप आदि ये छोटे-छोटे द्वीप तो जंबूद्वीप के अंतर्गत ही हैं। वहाँ पर भी श्रीमान का ही प्रभुत्व है।''

उनके राजा चित्रवर्ण ने कहा, ''तुम ठीक कहते हो।''

राजा, पागल, बच्चा, प्रमादी और धनाभिमानी व्यक्ति तो अप्राप्य वस्तु को भी पाना चाहते हैं। फिर जो वस्तु अनायास ही मिल रही हो उसके लिए तो कहना ही क्या!

लेकिन मैंने विरोध किया, ''यदि कहने-भर से ही प्रभुसत्ता मिलती हो तो इस समूचे जंबूद्वीप पर मेरे स्वामी हिरण्यगर्भ का ही प्रभुत्व है।''

तोता बोला, ''तो फिर इसका निर्णय किस प्रकार हो?''

मैंने कहा, ''इसका निर्णय तो युद्ध से ही हो सकता है।''

इसपर मयूर राजा क्रोध से बोला, ''तो तुम जाकर अपने स्वामी राजहंस को युद्ध के लिए तैयार रहने को कहो!''

मैंने कहा, ''आप मेरे साथ अपना दूत भी भेजिए।''

राजा ने इधर-उधर देखा, फिर पूछा, ''कौन जाएगा इसके साथ दूत बनकर?''

फिर दूत के गुण बताते हुए कहा, ''दूत हर प्रकार से गुणी, कार्यकुशल, शुद्ध हृदय, अव्यसनी, क्षमाशील, परममर्मज्ञ और प्रतिभासंपन्न होना चाहिए। ये सारे गुण तोते में हैं। इसलिए शुक, तुम्हीं इसके साथ जाओ और इसके राजा को हमारा अभिप्राय ठीक-ठीक समझा दो।''

तोता जाने को तैयार तो हो गया, किंतु बोला, ''राजन्! मैं प्रस्तुत हूँ, किंतु मैं इस बगुले के साथ नहीं जाऊँगा। यह दुर्जन है। शास्त्रों में कहा गया है कि दुष्टों के साथ कभी बैठे नहीं, उसके साथ कहीं जाए भी नहीं; क्योंकि कौए के साथ रहने से वह हंस और साथ बैठने तथा चलने के कारण ही बटेर मारा गया था।''

राजा चित्रवर्ण ने पूछा, ''यह कैसी कथा है?''

तोता बताने लगा—

कुसंगति का फल

उज्जयिनी के मार्ग में पाकड़ का एक पेड़ था। उसपर एक हंस और एक कौआ, दोनों साथ-साथ रहते थे। गरमी के दिनों की बात है—उस दिन एक राहगीर दोपहर के समय थका-माँदा वहाँ पहुँचा। पाकड़ की घनी छाया देखकर वह अपने धनुष-बाण एक ओर रखकर सो गया।

तीसरा पहर आते-आते छाया उसके मुख पर से हट गई। चेहरे पर तीखी धूप पड़ने लगी। पेड़ पर बैठे हंस ने देखा तो उसको राहगीर पर दया आ गई। उसने राहगीर के चेहरे के ऊपर छाया करने के लिए अपने डैने फैला दिए।

राहगीर गहरी नींद में सोया हुआ था। उस हालत में उसका मुँह खुल गया। कौए की कुटिल दृष्टि उसपर पड़ी। कौआ तो पराया सुख देख ही नहीं सकता। उसने पेड़ पर से ही राहगीर के मुँह पर बीट कर दी और उड़कर चला गया। हंस को उसकी इस करतूत का पता नहीं चला। वह राहगीर के चेहरे पर छाया किए बैठा रहा। बीट पड़ते ही पथिक हकबकाकर उठ बैठा। उसने ऊपर देखा कि हंस अपने पंख फैलाए बैठा है, तो यही समझा कि बीट हंस ने ही की है। बस, फिर क्या था, उसने आव देखा न ताव, अपना धनुष उठाया और हंस पर बाण चला दिया। बेचारे हंस का काम तमाम हो गया।

□

तोते ने पल भर रुककर कहा, ''अब मैं आपको बटेर की कथा भी सुनाता हूँ।''

धूर्त काग और मूर्ख बटेर

एक बार की बात है। पक्षियों के राजा भगवान् गरुड़ के बारे में पता चला कि वे समुद्र तट पर आने वाले हैं। उनका दर्शन करने के लिए तमाम पक्षियों में होड़-सी लग गई। प्रायः सभी पक्षी समुद्र तट की ओर चल पड़े। एक कौए के साथ बटेर भी उसी ओर चल दियां।

जिस रास्ते से कौआ और बटेर जा रहे थे, उसी मार्ग से एक ग्वाला भी जा रहा था। ग्वाले के सिर पर दही की हाँडी थी। कौए ने उसे देखा तो अवसर पाकर उसमें से दही खाने लगा। उसने अनेक बार ऐसा किया तो ग्वाले को पता चल गया।

ग्वाले ने हाँडी सिर से उतारकर धरती पर रखी और फिर सिर उठाकर ऊपर देखा तो वहाँ कौआ और बटेर दोनों ही दिखाई दिए। ग्वाले ने पत्थर उठाकर जो मारना चाहा तो कुटिल और चंचल स्वभाव का कौआ तो तुरंत उड़ गया, किंतु धीरे-धीरे उड़नेवाला बेकसूर बटेर वहीं रह गया। ग्वाले का पत्थर सीधा जाकर उसे ही लगा। वह भूमि पर गिरा और तड़पकर मर गया।

□

कथा सुनाकर तोता बोला, ''इसीलिए मैं कहता हूँ कि दुर्जन के साथ न तो रहे और न उसके साथ कहीं यात्रा पर ही जाए।''

बगुला कहने लगा—

मैंने उससे कहा, ''भाई तोते! आप मेरे बारे में ऐसा क्यों कहते हैं? मेरे लिए तो जैसे राजहंस, वैसे ही आप।''

तोता बोला, ''ऐसा हो सकता है। किंतु दुर्जनों द्वारा कही गई प्रिय और शास्त्रसम्मत बात भी असमय में खिले फूलों के समान भय उत्पन्न कर देती है।''

□

यह कथा सुनाकर बगुला राजहंस से बोला, ''इसके बाद राजा ने मेरा यथायोग्य सत्कार किया और फिर मुझे अकेला ही बिदा कर दिया। राजा का दूत वह तोता भी मेरे पीछे-पीछे आ रहा है। अब आप जो उचित समझें, वही कीजिए।''

राजहंस के प्रधानमंत्री चकवे ने हँसकर कहा, ''स्वामी, इस बगुले ने परदेश में जाकर एक तरह से अपने राज्य का ही काम किया है। किंतु मूर्खों का स्वभाव बदल नहीं सकता। अकारण ही वाद-विवाद करके इसने कलह ही मोल लिया है। बिना मतलब लड़ना अज्ञानता का ही लक्षण है।''

राजहंस बोला, ''अब बीती बात पर विवाद करने से कोई लाभ नहीं। जो बात सामने है, उसपर विचार करो।''

प्रधानमंत्री चकवा बोला, ''राजन्, मैं एकांत में अपना विचार प्रकट करूँगा। क्योंकि रंग-रूप, ध्वनि तथा आँख और मुख पर उभरनेवाले भावों से भी समझदार लोग मन की बात भाँप लेते हैं। इसलिए मंत्रणा तो एकांत में ही करनी चाहिए।''

राजा ने एकांत का आदेश दिया। राजा और चकवे को छोड़कर सब वहाँ से चले गए, तब चकवे ने कहा, ''राजन्, मैं तो ऐसा समझता हूँ कि हमारे किसी विरोधी की प्रेरणा से ही बगुले ने यह झगड़ा खड़ा कर दिया है।''

राजा ने कहा, ''जो कुछ तुम कह रहे हो, हो सकता है, ऐसा ही हो; किंतु कारण की खोज तो बाद में भी हो जाएगी। इस समय तो इसपर विचार करना है कि हमें क्या करना चाहिए।''

चकवा बोला, ''राजन्, सबसे पहले तो उचित यह होगा कि उस राज्य में अपने गुप्तचर भेजकर उसकी ताकत का अंदाजा लगा लिया जाए। गुप्तचर ही राजा का नेत्र होता है। जिस राजा के पास यह नेत्र नहीं है, वह तो अंधा ही है।''

फिर चकवे ने विस्तार से अपनी योजना बताई, ''मैं तो यह ठीक समझता हूँ कि गुप्तचर किसी अन्य व्यक्ति को भी अपने साथ ले जाए। इससे यह फायदा होगा कि गुप्तचर वहीं रहेगा और वहाँ का आवश्यक भेद जानकर उस व्यक्ति द्वारा हमारे पास पहुँचा दिया

करेगा। किसी तीर्थ, आश्रम और देवता के स्थान पर तपस्वी का भेष बनाए हुए अपने गुप्तचर यह काम कर सकते हैं। गुप्तचर वही हो सकता है, जो जल तथा स्थल दोनों ही स्थानों पर सहज ही चल-फिर सके। इसलिए बगुले को ही इस काम पर नियुक्त किया जाए। इसी जैसा कोई और बगुला इसका साथी बनकर जाए। किंतु महाराज, यह सब गुप्त रीति से किया जाए, क्योंकि छह कानों में बात पड़ते ही मंत्रणा का भेद खुल जाता है।''

विचार-विमर्श के बाद राजा बोला, ''गुप्तचर तो मुझे उत्तम श्रेणी का मिल गया है।''

मंत्री बोला, ''तब तो समझिए कि आपने युद्ध में भी विजय प्राप्त कर ली।''

उसी समय प्रहरी भीतर आया। उसने प्रणाम करके सूचना दी, ''महाराज! जंबूद्वीप से आया एक संदेशवाहक द्वार पर खड़ा है।''

राजा ने मंत्री की ओर देखा। मंत्री ने कहा, ''अभी उसको अतिथिशाला में ठहराओ। बाद में यहाँ उपस्थित करना।''

प्रहरी दूत को अतिथिशाला में ले गया।

राजा बोला, ''अब तो यही समझो कि युद्ध सिर पर मँडरा रहा है।''

चकवा बोला, ''देव, प्रारंभ से ही युद्ध छेड़ देना उचित नहीं है। जो मंत्री बिना समझे-बूझे पहले ही अपने स्वामी को युद्ध का या अपनी भूमि त्याग देने का परामर्श दे, वह मंत्री है ही नहीं। शत्रु को युद्ध से ही जीतने का प्रयत्न नहीं करना चाहिए। युद्ध में जीत निश्चित तो नहीं होती। पहले तो साम से, दाम से और भेद से—इन तीनों या एक-एक से शत्रु को साधने का यत्न किया जाना चाहिए। जहाँ तक संभव हो, युद्ध को टालना ही चाहिए। फिर भी युद्ध की स्थिति आ ही जाए तो परिस्थिति देखकर काम करना चाहिए। बलवान शत्रु जब तक अपने से दूर रहे, तब तक उससे डरना चाहिए। किंतु जब वह सामने आ ही जाए तो फिर हिम्मत से उसका सामना करना चाहिए। विपत्ति आने पर धैर्य धारण करना ही वीरता का लक्षण है।''

इसके बाद राजहंस और प्रधानमंत्री चकवा विचार करने लगे कि यदि युद्ध की स्थिति आ ही जाए तो क्या-क्या उपाय करना होगा।

प्रधानमंत्री चकवा बोला, ''राजा चित्रवर्ण सचमुच प्रतापी है। उसे अचानक छेड़ देना बुद्धिमत्ता नहीं कही जाएगी। कोई आदमी सहसा हाथी से भिड़ जाएगा तो उसको मृत्यु का ही सामना करना पड़ेगा। इसलिए मेरा निवेदन है कि जब तक अपना दुर्ग न बना लिया जाए, तब तक किसी-न-किसी प्रकार राजा चित्रवर्ण के दूत के मन में विश्वास जमाकर उसे यहीं रोके रखना ही उपयुक्त होगा। क्योंकि दुर्ग की दीवार पर बैठा एक धनुर्धारी भी अनेक वीरों से और

अनेक वीर हजारों से टक्कर ले सकते हैं। देश दुर्गरहित होता है तो उसे कोई भी जीत लेता है। इसलिए हमें तुरंत लंबी-चौड़ी खाईवाला दुर्ग बना लेना चाहिए। उसकी दीवारें खूब ऊँची हों और उनपर यंत्र लगे हों। दुर्ग के भीतर जल की भरपूर व्यवस्था हो। खाद्यान्न का भंडार भरा हो। आने-जाने के लिए गुप्त मार्ग भी हो।''

राजा ने पूछा, ''दुर्ग के निर्माण के लिए किसको तैनात किया जाए?''

चकवा बोला, ''किसी निपुण व्यक्ति को ही तैनात करना चाहिए। अनजान व्यक्ति के हाथ में काम सौंपने से तो कभी भी धोखा हो सकता है। मेरा विचार है कि सारस इसके लिए उपयुक्त रहेगा।''

राजा ने सारस को बुलवा भेजा। सारस के आने पर राजा ने कहा, ''शीघ्र ही एक सुरक्षित और दृढ़ दुर्ग तैयार करो।''

सारस बोला, ''राजन्, निकट ही वह जो इतना बड़ा सरोवर है, उससे सुंदर दुर्ग और क्या हो सकता है? बस, इसके बीच में स्थित द्वीप पर सारी सामग्री संगृहीत कर लेनी होगी।''

''तो ठीक है, तुम जाकर जल्दी-से-जल्दी दुर्ग के लिए आवश्यक सामग्री जुटा लो।''

उसी समय प्रहरी ने आकर सूचना दी, ''महाराज, सिंहद्वीप से मेघवर्ण नामक कौआ सपरिवार आया है। वह महाराज के दर्शन करना चाहता है।''

राजा बोला, ''कौए तो सर्वज्ञ और दूरदर्शी होते हैं। इसको अपने साथ मिला लेना चाहिए।''

मंत्री बोला, ''आपका कहना तो ठीक है, महाराज, किंतु कौआ स्थलचर पक्षी है, जलचर नहीं। और अपने से विपरीत आचरण और स्वभाववाले व्यक्ति पर भरोसा करना कहाँ तक उचित होगा! जो अपना पक्ष त्यागकर पराए पक्ष पर भरोसा करता है, वह मूर्ख अपने शत्रुओं द्वारा उसी प्रकार मार दिया जाता है, जिस प्रकार नीलवर्ण सियार मारा गया था।''

राजा ने पूछा, ''यह नीले सियार की क्या कथा है?''

मंत्री चकवा सुनाने लगा—

नीले सियार की दुर्दशा

किसी जंगल में एक सियार रहता था। एक बार आहार के लिए भटकता-भटकता एक

नगर के पास पहुँच गया। नगर के कुत्तों ने उसको देखा तो भौंकते हुए उसकी ओर झपट पड़े। पीछे मुड़ने का अवसर नहीं था, इसलिए सियार नगर की ओर ही भागा। सामने उसको धोबी का बाड़ा दिखाई पड़ा। सियार ने उसीमें छलाँग लगा दी। वह नील से भरी नाँद में जा गिरा।

कुत्तों ने इधर-उधर उसे न देखकर पीछा करना छोड़ दिया; किंतु नाँद में से निकल पाना सियार के लिए कठिन हो गया।

बड़ा यत्न करने पर भी वह निकल नहीं पाया।

ठंड से उसका शरीर थरथर काँप रहा था। भूख और प्यास से तो वह पहले ही व्याकुल था, ऊपर से धोबी का डर और बाहर निकलने पर कुत्तों का डर। रात-भर में वह अधमरा हो गया। भोर होने पर धोबी पास आने लगा तो वह साँस रोककर पड़ गया। धोबी सियार को मरा समझकर खीज उठा। वह नाँद उठाकर नील सहित उसे दूर फेंक आया।

जान बची। धोबी के जाने पर सियार ने चारों ओर नजर दौड़ाई—कहीं कोई कुत्ता तो नहीं दिखाई दे रहा है। सौभाग्य से उस समय उधर कोई कुत्ता नहीं दिखा। सियार वहाँ से जान लेकर भागा।

वह घने जंगल में पहुँच गया। तब कहीं जान में जान आई। वह सुस्ताने के लिए एक पेड़ के नीचे बैठ गया। तब उसने पहली बार देखा कि उसका समूचा शरीर एकदम नीले रंग का हो गया है। वह स्वयं को ही नहीं पहचान पा रहा था, फिर उसके संगी-साथी ही उसको

कैसे पंहचानते। रात-भर नील की नाँद में पड़े रहने के कारण उसका रंग पक्का हो गया था।

सियार ने सोचा, जब रंग बदल ही गया है तो इससे लाभ उठाना चाहिए।

यह विचार कर उसने आसपास के सियारों को बटोरा और उनको अपना विचित्र-सा परिचय दिया। बोला, ''मुझे वनदेवी ने अपने पास बुलाया और वन की सब ओषधियों का रस निकालकर उन्होंने स्वयं मेरा अभिषेक किया और इस पूरे जंगल का राज्य मुझे सौंप दिया है। सो आज से इस जंगल में मेरी आज्ञा चलेगी। जो भी होगा, मेरी इच्छा के अनुसार होगा।''

सियारों ने जब अपने सजातीय को इस प्रकार नीलवर्ण का देखा तो उन्हें उसकी बात पर पूरा विश्वास हो गया। उन्होंने उसे अपना राजा स्वीकार कर लिया और फिर उसको लेकर वे सारे वन-प्रांत में घूमते रहे। साथ ही वनदेवी द्वारा उसको राजा नियुक्त किए जाने की घोषणा करते रहे।

परिणाम यह हुआ कि सिंह, बाघ और चीते जैसे भयंकर जानवरों ने भी उसको अपना राजा स्वीकार कर लिया। ऐसे-ऐसे भयंकर जंतु भी जब उसकी सेवा में रहने लगे तो नीले सियार को अभिमान हो गया। वह अपनी जातिवालों को तुच्छ मानकर उनकी उपेक्षा करने लगा और एक समय ऐसा भी आया कि उसने अपनी जातिवालों का अपमान करके उनको अपनी सेवा से भी हटा दिया।

सियारों को इससे बड़ा दुःख हुआ। अपने समाज को दुखी देखकर एक बूढ़े सियार को युक्ति सूझी। उसने मन-ही-मन कहा कि इस दुष्ट ने घमंड में चूर होकर हम जैसे बुद्धिमानों का अपमान करके हमें अपनी सेवा से भी हटा दिया है। इससे तो ऐसा बदला लेना चाहिए कि अपने राजपाट के साथ स्वयं यह भी समाप्त ही हो जाए।

उसने अपनी जातिवालों से कहा, ''आप लोग दुःख और चिंता छोड़िए। मैं इस घमंडी को सीधे रास्ते पर लाकर ही दम लूँगा। इसने हमारा जो अपमान किया है, वह इसको बहुत महँगा पड़ेगा। हम इसकी पोल खोल देंगे। सिंह आदि तो इसका रंग देखकर ही इसके धोखे में आ गए हैं। उनको अभी तक पता नहीं है कि यह इस रूप में रँगा सियार-भर है, इसलिए उन्होंने भी इसको राजा स्वीकार कर लिया है। बस, हमें तो इतना ही करना है कि सिंह आदि समझ जाएँ कि यह कोई और नहीं, अपितु रँगा सियार है।''

''इसके लिए हमें क्या करना होगा?'' एक सियार ने उत्कंठित होकर पूछा।

''कुछ नहीं, बस आज शाम के समय तुम लोग उस पासवाले टीले पर एकत्रित होकर एक स्वर से चिल्लाना शुरू कर देना। आगे का कार्य सिंह, बाघ, चीता आदि स्वयं ही कर

लेंगे। हमें इससे अधिक कुछ और करना नहीं होगा।''

शाम होने पर सारे सियार टीले पर एकत्रित होकर जोर-जोर से हुआँ-हुआँ चिल्लाने लगे। बस, फिर क्या था! नीले सियार से रहा नहीं गया। स्वभाववश वह भी वहीं से उनके स्वर से अपना स्वर मिलाने लगा।

ज्यों ही उस सियार का भेद खुला, एक बाघ ने झपटकर उसे दबोच लिया और चीरकर फेंक दिया।

□

कथा सुनाकर चकवा बोला, ''इसीलिए मैं कहता हूँ कि जो अपना पक्ष छोड़कर पराए पक्ष में जा मिलता है, उसकी ऐसी ही दुर्दशा होती है जैसी नीले सियार की हुई।''

राजहंस बोला, ''यह सब तो ठीक है, फिर भी मेघवर्ण काक से मिल तो लेना ही चाहिए, क्योंकि वह दूर से आया है। उससे मिलकर उसे यहीं अपने साथ रखने के विषय में विचार कर लेंगे।''

चकवा बोला, ''महाराज, गुप्तचर तो भेज ही दिया गया है। अपना दुर्ग भी तैयार हो रहा है। अब तोते को बुलाकर उसकी भी सुन लेनी चाहिए। वैसे महाराज, आप तो जानते ही हैं कि घातक दूतों के द्वारा ही चाणक्य ने राजा नंद की हत्या करवा दी थी। अत: राजा को यही उचित है कि घातक दूत के साथ दूर से बात करें।''

निश्चय हो जाने पर राजसभा फिर बैठी। सभा जुट जाने पर विंध्याचल से आए दूत तोते और मेघवर्ण कौए को बुलाया गया।

तोता जब सभा में यथास्थान बैठ गया तो उसने ऊँची आवाज में कहना आरंभ किया—

''हिरण्यगर्भ, हमारे महाराज चित्रवर्ण तुम्हें आज्ञा देते हैं कि यदि तुम्हें अपना जीवन, अपना परिवार, अपना राज्य और अपनी संपत्ति प्रिय हो तो तुरंत आकर हमारे चरणों में प्रणाम करो। अन्यथा यहाँ से कूच करके किसी अन्य स्थान पर बसने की सोचो।''

हिरण्यगर्भ को क्रोध आ गया। उसने चिल्लाकर कहा, ''क्या यहाँ हमारा कोई भी ऐसा सेवक उपस्थित नहीं, जो इस दुष्ट का गला पकड़कर इसे सभा से बाहर कर दे?''

सहसा मेघवर्ण कौए ने उठकर कहा, ''महाराज, मुझे आज्ञा दीजिए। मैं अभी इस दुष्ट तोते को जान से मार देता हूँ।''

सर्वज्ञ मंत्री ने तत्काल राजा और कौए को समझाते हुए कहा, ''धर्म कहता है कि यदि दूत नीच हो तो भी वह अवध्य है। राजा बना मुख तो दूत ही होता है। सिर पर शस्त्र ताने रहने

पर भी दूत कभी असत्य भाषण नहीं करेगा। उसे भरोसा होता है कि दूत को मारा नहीं जा सकता, इसी बल पर तो वह सबकुछ बोलता है।''

यह सुनकर राजा और कौआ दोनों शांत हो गए। तोता उठकर वहाँ से चल दिया। चकवा बात समझ गया। वह तोते को समझा-बुझाकर वापस ले आया। फिर उसे सम्मानपूर्वक वस्त्राभूषण देकर बिदा किया।

वहाँ से चलकर तोता विंध्याचल पर राजा चित्रवर्ण के पास पहुँचा। उसे आया देख राजा ने बड़ी उत्सुकता से पूछा, ''कहो शुक, क्या समाचार है? कैसा है वह देश?''

शुक ने कहा, ''संक्षेप में तो यही कहा जा सकता है कि अब आपको युद्ध की तुरंत तैयारी कर देनी चाहिए। कर्पूरद्वीप वास्तव में स्वर्ग के समान ही है और वहाँ का राजा भी सचमुच दूसरा इंद्र ही है।''

यह समाचार सुनकर चित्रवर्ण ने राज्य के सभी प्रमुख व्यक्तियों की सभा बुलाई। राजा ने कर्पूरद्वीप से होनेवाले संघर्ष की सूचना दी और युद्ध के लिए तैयारी करने की आज्ञा दी।

तब उसके मंत्री दूरदर्शी गिद्ध ने कहा, ''महाराज, मात्र मन बहलाने के लिए तो युद्ध करना उचित नहीं। जब तक कोई विकट स्थिति न आ जाए, तब तक युद्ध से बचना ही चाहिए। हे राजन्, युद्ध के तीन कारण होते हैं—भूमि, मित्र और सुवर्ण। यदि युद्ध से इन तीनों के लाभ की बात निश्चित हो, तभी युद्ध करना चाहिए।''

राजा ने कहा, ''मंत्री महोदय, आप हमारा बल देखिए, इसके उपयोग को समझिए और

फिर किसी योग्य ज्योतिषी बुलाकर शुभ मुहूर्त का शोध करवाइए।''

मंत्री ने कहा, ''महाराज, यह सब ठीक है, फिर भी अचानक आक्रमण कर देना उचित नहीं है। शत्रु के बल को परखे बिना युद्ध छेड़ देना बुद्धिमानी नहीं है।''

राजा बोला, ''मेरा उत्साह मत नष्ट करो। जीतने की अभिलाषा से राजा जिस प्रकार शत्रु पर आक्रमण करके उसे घेर लेता है, इस विषय में बात करो।''

''राजन्, केवल किसी ओषधि का नाम जान लेने से ही रोग शांत नहीं हो जाता। सुझाव के अनुसार यदि कार्य न हुआ तो उससे भी क्या फायदा? तो भी राजा की आज्ञा का उल्लंघन नहीं किया जा सकता; इसलिए मैंने इस विषय में जो कुछ सुना है, वह बताता हूँ—नदी, पर्वत आदि जो भय के दुर्गम स्थान हैं, वहाँ सेना को व्यूह-रचना करके ही जाना चाहिए। सेनानायक स्वयं चुने हुए योद्धाओं के साथ आगे-आगे चले। खतरनाक पहाड़ी जगहों को हाथियों द्वारा और समतल स्थानों को घोड़ों द्वारा पार किया जाना चाहिए। जल पर नौका का उपयोग किया जाए। वर्षा ऋतु में हाथियों की सेना आवश्यक होती है। घोड़ों की सेना और पैदल सेना की आवश्यकता तो सभी ऋतुओं में होती है। सेना भले ही थोड़ी हो, किंतु सैनिकों का निर्भीक और जुझारू होना परम आवश्यक है।''

राजा बोला, ''ठीक है। अधिक कहने की आवश्यकता नहीं है। अपना

उत्थान और शत्रु का पतन, बस, राजा की यही मूल नीति होनी चाहिए।''

निश्चय हो जाने पर ज्योतिषी बुलवाया गया। उसने जो मुहूर्त निश्चित किया, उसी लग्न में चित्रवर्ण की सेना ने युद्ध के लिए कूच कर दिया।

हिरण्यगर्भ के गुप्तचर को चित्रवर्ण की हर गतिविधि का पता लग गया था। उसने अपने राजा को सूचना दी, ''राजा चित्रवर्ण युद्ध के लिए प्रस्थान कर चुका है।''

आगे भी समय-समय पर हिरण्यगर्भ के दूत सूचना भेजते रहे कि इस समय चित्रवर्ण मलय पर्वत पर पड़ाव डाले हुए है। अत: अपने दुर्ग की रक्षा का समुचित प्रबंध होना चाहिए।

गुप्तचर ने यह सूचना भी दी कि चित्रवर्ण का प्रधानमंत्री गिद्ध बड़ा ही नीतिनिपुण और चतुर है। गिद्ध का कोई गुप्तचर पहले से ही हमारे दुर्ग में विद्यमान है।

हिरण्यगर्भ को जब यह सूचना मिली तो उसने अपने मंत्री से परामर्श किया। मंत्री ने सोचकर कहा, ''राजन्, मुझे तो मेघवर्ण कौए पर ही संदेह होता है।''

मंत्री को लगा कि राजा को उसकी यह बात अच्छी नहीं लग रही है। उसने कहा, ''महाराज, कुछ भी हो, आगंतुक से सचेत तो रहना ही चाहिए।''

राजा बोला, ''कभी-कभी आगंतुक भी बड़े उपकारी सिद्ध होते हैं। इसके विपरीत अपने ही लोग कभी-कभी पराए हो जाते हैं। ठीक उसी प्रकार जिस प्रकार अपने ही शरीर से उत्पन्न रोग कष्ट देते हैं और वन की ओषधि उपकार करती है। राजा शूद्रक का सेवक वीरवर पराया ही था, पर समय आने पर राजा के हित के लिए उसने अपने पुत्र का भी बलिदान कर दिया था।''

मंत्री ने पूछा, ''राजन्, वह किस प्रकार?''

राजा हिरण्यगर्भ वीरवर की कथा सुनाने लगा—

बलिदानी वीरवर

बहुत पहले की बात है। उन दिनों मैं शूद्रक के राज्य में रहता था। राजा के क्रीड़ा-सरोवर में रहने वाले कर्पूरकेलि नामक राजहंस की पुत्री कर्पूरमंजरी से वहीं मेरा प्रेम हो गया था।

उन्हीं दिनों किसी देश का एक राजकुमार वीरवर उस राज्य में आया। महल के द्वार पर

पहुँचकर उसने प्रतिहारी से कहा, ''मैं विदेश का राजकुमार हूँ और यहाँ महाराज की सेवा में रहना चाहता हूँ।''

द्वारपाल ने महाराज शूद्रक को सूचना दी। उन्होंने वीरवर को बुलवा लिया। राजकुमार ने प्रणाम करके कहा, ''महाराज, कृपया मुझे अपनी सेवा में रख लीजिए।''

राजा शूद्रक ने पूछा, ''क्या वेतन लोगे?''

''प्रतिदिन पाँच सौ स्वर्णमुद्राएँ।''

''तुममें ऐसी क्या विशेषता है? क्या है तुम्हारे पास?''

''महाराज, मेरे पास दो भुजाएँ और एक तलवार भर है।''

राजा ने कहा, ''इतने भर के लिए इतना वेतन नहीं दिया जा सकता।''

सुनकर वीरवर वहाँ से जाने लगा।

मंत्री ने उसे जाते देखा तो कहा, ''महाराज, मैं समझता हूँ, इसको चार दिन अपनी सेवा में रखकर परीक्षा तो ली जाए कि इसे इतना वेतन देना उचित है या अनुचित।''

राजा ने भी कौतूहलवश उसको बुलाकर नियुक्त कर दिया। उसको पाँच सौ स्वर्णमुद्राएँ दी गईं। राजा ने उसके पीछे गुप्तचर नियुक्त कर दिए कि इतने धन का वह क्या करता है।

वीरवर ने आधा धन तो देवताओं की पूजा में लगाया और ब्राह्मणों को दान कर दिया। शेष बचे धन में से भी आधा उसने दीन-दुखियों को दे दिया। शेष धन को उसने अपने परिवार के भोजन आदि पर खर्च किया।

वह दिन-रात हाथ में तलवार लिये राजद्वार पर तैनात रहता। यहाँ तक कि वह घर तभी जाता जब स्वयं राजा उसको आज्ञा देते।

एक बार कृष्ण चतुर्दशी की काली रात की बात है। आधी रात के समय राजा ने किसी स्त्री के रोने की आवाज सुनी।

शूद्रक ने पूछा, ''कौन है द्वार पर?''

''महाराज, मैं हूँ वीरवर।''

''देखो तो, यह रोने की आवाज कहाँ से आ रही है?''

''जो आज्ञा, महाराज!'' यह कहकर वीरवर उस ओर चल पड़ा, जिधर से रोने की आवाज सुनाई दे रही थी।

उसके चले जाने पर राजा सोचने लगा कि उसने यह ठीक नहीं किया। आखिर वह राजकुमार है, उसे घने अंधकार में अकेला ही भेज दिया।

यह सोचकर राजा शूद्रक भी अपनी तलवार लेकर उसके पीछे-पीछे चल दिया।

वे नगर के बाहर पहुँच गए।

वीरवर ने नगर के बाहर पहुँचकर देखा—आभूषणों से लदी एक अत्यंत सुंदर युवती बैठी विलाप कर रही है।

वीरवर ने पूछा, "कौन हो तुम? और यहाँ बैठी क्यों रो रही हो?"

युवती बोली, "मैं राजा शूद्रक की राजलक्ष्मी हूँ। इस राजा की भुजाओं की छत्रच्छाया में आज तक मैं बड़े आनंद से रही। अब मैं यहाँ से जा रही हूँ।"

वीरवर ने कहा, "जब कोई समस्या होती है तो उसका उपाय भी अवश्य होता है। आप यह बताइए कि क्या करने से आप इसी राज्य में रह सकती हैं? हम यह उपाय अवश्य करेंगे।"

राजलक्ष्मी बोली, "यदि तुम चाहते हो कि मैं यहीं रहूँ तो उसके लिए तुमको बलिदान करना होगा।"

"क्या करना होगा मुझे?"

"यदि तुम बत्तीस शुभ लक्षणों से युक्त अपने पुत्र शक्तिधर को भगवती सर्वमंगला को अर्पण कर दो तो मैं चिरकाल तक यहीं रह सकती हूँ।"

इतना कहते ही वह स्त्री अदृश्य हो गई।

वीरवर वहाँ से अपने घर पहुँचा। उसने गहरी नींद में सोई अपनी पत्नी और पुत्र को जगाया। वे दोनों उठ बैठे तो वीरवर ने उन्हें वह बात बता दी जो राजलक्ष्मी ने कही थी।

पिता की बात सुनकर शक्तिधर प्रसन्न स्वर में बोला, "मैं तो धन्य हूँ कि अपने उपकारी स्वामी की राजलक्ष्मी की रक्षा के निमित्त आज मेरा शरीर काम आ रहा हैं! तो फिर देर क्यों?"

शक्तिधर की माता कहने लगी, "यदि आपने यह कार्य संपन्न नहीं किया तो आप जो इतना वेतन ले रहे हैं, उसका मूल्य किस प्रकार चुकाएँगे?"

ऐसा विचार कर वे तीनों भगवती सर्वमंगला के मंदिर में गए। वीरवर ने विधिवत् सर्वमंगला देवी का पूजन किया। फिर कहा, "देवी, प्रसन्न हो। महाराज शूद्रक की जय हो! यह भेंट स्वीकार कीजिए।"

ऐसा कहकर वीरवर ने अपने पुत्र का सिर काटकर देवी के चरणों में चढ़ा दिया। फिर वीरवर ने सोचा, राजा से जो धन लेता रहा हूँ, उसका ऋण तो अब चुका ही दिया है। अब

पुत्रविहीन होकर जीने से क्या लाभ!

यह विचार आते ही उसने अपना सिर भी काट दिया। उसकी पत्नी ने जब यह देखा तो पति और पुत्र के शोक से व्यथित होकर उसने भी अपना सिर काट डाला।

यह घटना देखकर राजा स्तब्ध रह गया। सोचने लगा, मुझ जैसे क्षुद्र प्राणी तो नित्य उत्पन्न होते हैं और मर जाते हैं। इस वीरवर के समान न कोई हुआ है, न होगा। ऐसे महान् पुरुष के बिना वह भी इस राज्य का क्या करेगा? बस, उसने भी अपना सिर काटने के लिए तलवार उठाई, कि भगवती सर्वमंगला स्वयं प्रकट हो गईं। राजा का हाथ पकड़कर उन्होंने कहा, ''पुत्र, मैं तुमपर बहुत प्रसन्न हूँ। इतना साहस करने की आवश्यकता नहीं है। आजीवन तुम्हारा राज्य अटल रहेगा।''

राजा ने देवी को साष्टांग प्रणाम किया। फिर बोला, ''देवी! मुझे इस राज्य और जीवन से प्रयोजन ही क्या! यदि आपकी मुझपर कृपा ही हो तो मेरी शेष आयु लेकर भी इस वीरवर को सपरिवार जीवित कर दीजिए, अन्यथा मैं भी इनके साथ ही शरीर त्याग दूँगा।''

भगवती बोलीं, ''तुम्हारा आत्मबल और वीरवर के प्रति इतना स्नेह देखकर मैं प्रसन्न हूँ। तुम्हारी विजय हो और यह वीरवर भी सपरिवार जीवित हो जाए।''

यह कहकर देवी अंतर्धान हो गईं। वीरवर अपनी पत्नी तथा पुत्र के साथ अपने घर चला गया। वीरवर ने मंदिर में राजा को देखा ही नहीं। राजा भी वहाँ से चुपचाप अपने महल में आ गया।

प्रात:काल राजा ने वीरवर से रात का वृत्तांत पूछा तो वीरवर कहने लगा, ''महाराज, मुझे देखते ही वह रोती हुई स्त्री अदृश्य हो गई थी। इसके अतिरिक्त कोई बात तो हुई नहीं।''

वीरवर ने अपने तथा अपने परिवार के साथ बीती घटना का उल्लेख तक नहीं किया।

राजा सोचने लगा, यह व्यक्ति कितना महान् और प्रशंसनीय है!

राजा शूद्रक ने राजसभा में गतरात्रि की सारी घटना का विवरण सुनाकर वीरवर की भूरि-भूरि प्रशंसा की और उसे कर्णाटक का राज्य सौंप दिया।

□

यह कथा सुनाकर हिरण्यगर्भ ने चकवे से कहा, ''आप तो चाहते हैं कि किसी भी नवागंतुक को दुष्ट मान लिया जाए। उनमें भी उत्तम, मध्यम और अधम सभी प्रकार के व्यक्ति होते हैं।''

चकवा बोला, ''राजन्, जो मंत्री राजा का विचार जानते हुए भी अनुचित कार्य को उचित मानकर उसका समर्थन करता है, वह दुष्ट मंत्री है। जिस राजा के वैद्य, गुरु और मंत्री ये तीन प्रिय वचन ही बोलनेवाले होते हैं, उस राजा का शरीर, धर्म और कोष शीघ्र ही नष्ट हो जाता है।

''महाराज, यदि कोई बिना सोचे-समझे, किसीकी देखादेखी कार्य करता है तो उसकी वही दशा होती है जो धन के लोभी नाई की हुई थी!''

राजा ने पूछा, ''वह कैसे?''

मंत्री सुनाने लगा—

कुबेर का सपना

अयोध्या नगरी में चूड़ामणि नाम का एक क्षत्रिय रहता था। धन की इच्छा से उसने बहुत दिनों तक भगवान् शिव की आराधना की। एक रात कुबेर ने उसे स्वप्न में दर्शन दिए और कहा, ''सवेरे उठने पर तुम बाल बनवा लेना, फिर नहा-धोकर लाठी लेकर बैठ जाना। तब

आँगन में एक भिक्षुक आएगा। तुम देखते ही उसपर लाठी से प्रहार करना। धराशायी होते ही वह सुवर्ण के ढेर में परिणत हो जाएगा। वह सुवर्ण तुम्हारे जीवन-भर के लिए पर्याप्त होगा। तुम सुखी रहोगे।''

सवेरा होने पर उस चूड़ामणि ने नाई को बुलवाकर बाल कटवाए। फिर स्नान किया और लाठी लेकर द्वार पर खड़ा हो गया। नाई तब तक वहीं था। वह चूड़ामणि को इस प्रकार सहसा लाठी से लैस होते देखकर कुतूहलवश वहीं बैठा रहा। अपने घर नहीं गया।

जैसाकि कुबेर ने स्वप्न में कहा था, थोड़ी ही देर में एक भिक्षुक आँगन में आ पहुँचा। देखते ही चूड़ामणि ने उसके सिर पर लाठी दे मारी। भिक्षुक वहीं चित हो गया और उसका शरीर देखते-ही-देखते स्वर्ण में बदल गया।

नाई ने यह तमाशा देखा तो सोचने लगा, वह भी क्यों न ऐसा ही करे। इतना धन मिल जाने पर तो जीवन सफल हो जाएगा।

उस दिन से वह नित्य प्रति लाठी लिये छिपा बैठा भिक्षुक की प्रतीक्षा करता रहता। बहुत दिनों बाद एक भिक्षुक के चरण उसकी देहरी पर पड़े। नाई ने आव देखा न ताव, दे मारी लाठी उसके सिर पर। बेचारा भिक्षुक मर तो गया, किंतु उसका शरीर सोने में परिणत नहीं हुआ।

नाई बहुत घबराया। राजदरबार में उसकी शिकायत पहुँची तो उसे हत्या के अपराध में पकड़ लिया गया। वहाँ अभियोग चला और अंत में उसे मृत्युदंड दिया गया।

□

यह कथा सुनाकर मंत्री बोला, ''इसी कारण कहता हूँ, महाराज, कि देखादेखी किया हुआ कार्य कभी-कभी उलटा भी पड़ जाया करता है।''

राजा बोला, ''किंतु ऐसी कथाओं से इस बात का निपटारा किस प्रकार हो कि कौन अपना सच्चा बंधु है अथवा कौन विश्वासघाती है? अब छोड़ो इस बात को। जो सामने आ पड़ी है, उसपर सोचो। हमारा शत्रु चित्रवर्ण मलय पर्वत तक पहुँच गया है। ऐसे में हमें क्या करना चाहिए?''

चकवा बोला, ''महाराज, वहाँ से लौटे अपने एक चर से मैंने सुना है कि चित्रवर्ण ने अपने प्रधानमंत्री दूरदर्शी गिद्ध का अनादर कर दिया है। ऐसे अवसर पर हम उसको जीत सकते हैं। वीरों का तिरस्कार करनेवाला शत्रु तो सहज ही परास्त किया जा सकता है। इसलिए वह हमारे निकट पहुँचे, इससे पहले ही नदी, पर्वत और वन में उसकी सेना को नष्ट करने के लिए सेनापतियों को नियुक्त कर दिया जाए। हमें चाहिए कि आक्रमण के भय से रात-रात-भर जगनेवाली और दिन को सोनेवाली शत्रुसेना पर आक्रमण करके उसे नष्ट कर दें।''

ऐसा ही किया गया। परिणाम यह हुआ कि चित्रवर्ण की सेना की बहुत हानि हुई। उसके कितने ही सेनापति मारे गए।

तब चिंतित चित्रवर्ण ने अपने वृद्ध मंत्री गिद्ध से कहा, ''तात! आप हमारी उपेक्षा क्यों कर रहे हैं? क्या हमसे कोई अपराध हुआ है?''

गिद्ध बोला, ''राजन्, राजा चाहे मूर्ख भी हो, किंतु विद्या और वृद्ध जनों की सेवा से वह परमश्री को प्राप्त होता है। नीति और पराक्रम में ही संपत्तियों का निवास होता है। किंतु तुम तो अपनी सेना का सिर्फ उत्साह देखकर उतावले हो गए। मैंने परामर्श दिया, किंतु तुमने उसकी अवहेलना की। अब अपने किए का फल भोग रहे हो। जिस व्यक्ति में बुद्धि नहीं होती, शास्त्र उसका क्या कर सकते हैं! नेत्रहीन मनुष्य को दर्पण दिखाने का कोई लाभ नहीं। यही विचार कर मैं चुप रहता हूँ।''

राजा चित्रवर्ण ने श्रद्धापूर्वक हाथ जोड़कर कहा, ''तात, मैंने सचमुच अपराध किया; किंतु अब आप कोई ऐसा उपाय बताइए कि अपनी बची हुई सेना के साथ मैं विंध्याचल

वापस लौट तो सकूँ।''

गिद्ध ने मन-ही-मन विचार किया कि अब इसका प्रतिकार कर ही देना चाहिए। उसने हँसकर कहा, ''राजन्, डरिए नहीं। धैर्य रखिए। हम आपके ही प्रताप से इस दुर्ग को भंग करके कीर्ति और प्रताप के साथ शीघ्र आपको विंध्याचल ले जाएँगे।''

राजा बोला, ''इस थोड़ी-सी सेना से इतना बड़ा कार्य किस प्रकार संभव होगा?''

''सब हो जाएगा, राजन्, बस आप शीघ्र ही शत्रु के दुर्ग पर घेरा डाल दीजिए।''

राजा हिरण्यगर्भ के दूत बगुले ने सूचना दी कि मंत्री गिद्ध के परामर्श पर शत्रु बहुत थोड़ी सेना के बल पर ही उनके गढ़ पर घेरा डालने को तत्पर है।

राजहंस ने अपने मंत्री से पूछा, ''सर्वज्ञ, अब क्या उपाय किया जाए?''

सर्वज्ञ ने कहा, ''सबसे पहले आप अपने सैन्यबल को देख-परख लीजिए। फिर अपने सेनापतियों और सैनिकों को आदर-सम्मान और भरपूर पुरस्कार देकर उन्हें प्रसन्न कीजिए।''

राजा चिंतित होकर बोला, ''क्या इस समय इस प्रकार का अपव्यय उचित होगा? कहते हैं कि आपत्ति से बचने के लिए धन की रक्षा करनी चाहिए।''

मंत्री बोला, ''आपके पास विपत्ति आएगी ही क्यों, जिससे बचने के लिए धन की आवश्यकता पड़ेगी!''

''यदि लक्ष्मी चली गई तो?''

''लेकिन इस तरह बचाते रहने पर भी तो वह नष्ट हो सकती है। इस समय यही उचित है कि कंजूसी छोड़कर दान-मान से अपने वीरों को प्रसन्न किया जाए, जिससे वे शत्रु का सामना करने के लिए उत्साहित हों।''

उसी समय मेघवर्ण कौए ने आकर प्रणाम किया। बोला, ''महाराज, अब तो शत्रु दुर्ग के द्वार पर आ खड़ा हुआ है। यदि आप अनुमति दें तो मैं बाहर निकलकर अपना पराक्रम दिखाऊँ और आपका जो ऋण मुझपर है, उसका कुछ प्रतिकार करूँ?''

सतर्क मंत्री चकवा बोला, ''नहीं, यदि बाहर निकलकर ही युद्ध करना होता तो हम दुर्ग का सहारा क्यों लेते? मगरमच्छ जैसा भयंकर जीव भी अपने दुर्ग पानी से बाहर निकलते ही विवश हो जाता है। अपने सुरक्षित वन से निकलकर पराक्रमी सिंह भी सियार जैसा अकर्मण्य हो जाता है।''

फिर वह राजहंस से बोला, ''राजन्, आप स्वयं चलकर इस युद्ध को देखिए। राजा को चाहिए कि सेना को आगे करके स्वयं उसकी देखभाल करे। स्वामी के साथ रहने पर तो कुत्ता

भी सिंह के समान बलवान् होता है।''

इस प्रकार सबने दुर्गद्वार पर जाकर घमासान युद्ध किया।

दूसरे दिन चित्रवर्ण ने अपने मंत्री से कहा, ''तात, अब अपनी प्रतिज्ञा को निबाहिए।''

गिद्ध बोला, ''सुनिए, राजन्, घेरा पड़ने पर जल्दी ही घबरा जाना, थोड़ी सेना रखना, सेनानायक का मूर्ख और व्यसनी होना, सैनिकों का डरपोक होना आदि-आदि दुर्ग के दुर्व्यसन कहे गए हैं। किंतु राजहंस के दुर्ग में ऐसी कोई कमी नहीं दिखाई पड़ती। दुर्ग पर विजय प्राप्त करने के चार साधन हैं—दुर्ग के भीतर अपने किसी चर को पैठाकर सेना में फूट डलवा देना, बहुत दिनों तक घेरा डाले रहना, बार-बार आक्रमण करना और पराक्रम से काम लेना। मैं शक्ति-भर प्रयत्न कर रहा हूँ। एक उपाय और करें।'' गिद्ध ने राजा के कान में कुछ कहा।

दूसरे दिन सुबह होते ही दुर्ग के चारों द्वारों पर युद्ध आरंभ हो गया। उसी समय दुर्ग के भीतर कई घरों में कौओं ने आग लगा दी। जब भगदड़ पड़ी तो कौओं ने शोर मचा दिया कि 'दुर्ग जीत लिया! दुर्ग जीत लिया!'

यह देख-सुनकर राजहंस के सैनिकों और निवासियों में हड़कंप-सा मच गया। वे द्वीप के दुर्ग से भाग-भागकर सरोवर में कूदने लगे।

राजहंस स्वभाव से ही मंदगति होता है। उसके सेनापति सारस के साथ-साथ उसको भी चित्रवर्ण के सेनापति मुरगे ने घेर लिया था।

तब हिरण्यगर्भ ने सारस से कहा, ''तुम मेरे लिए अपने प्राण क्यों गँवाते हो? तुम तो भाग सकते हो। जाओ, जल में कूदकर अपनी रक्षा करो। विद्वानों की सम्मति लेकर मेरे बाद मेरे पुत्र चूड़ामणि को राजा बना देना।''

सारस बोला, ''महाराज, ऐसी कठोर बात मत कहिए। जब तक आकाश में सूर्य और चंद्रमा हैं, तब तक आप विजयी रहें। मैं तो दुर्ग का अधिकारी हूँ, महाराज! दुर्ग का द्वार मेरे मांस और खून से सन जाएगा, तभी शत्रु भीतर प्रविष्ट हो सकता है, मेरे जीते-जी नहीं!''

राजा बोला, ''यह सब सच है, किंतु निर्मल हृदय कार्यकुशल सेनापति भी बड़ी कठिनाई से ही मिलता है।''

सारस ने कहा, ''यदि यह निश्चित होता कि लड़ाई के मैदान से भागकर मैं कभी मरूँगा ही नहीं, तो अवश्य भागकर जान बचाता। किंतु जब हर प्राणी की मृत्यु निश्चित है तो व्यर्थ ही अपने यश को मलिन क्यों करूँ? और आप हमारे राजा हैं, इसलिए किसी भी मूल्य

पर आपकी रक्षा अवश्य होनी चाहिए।''

उसी समय शत्रु मुरगे ने आकर अपने तीखे पंजों से राजहंस पर प्रहार किया। सारस ने तुरंत राजहंस के शरीर को अपने पंखों से ढक लिया और उसे बरबस सरोवर में कुदा दिया।

मुरगा क्रोध से भरकर अपनी सेना सहित सारस पर टूट पड़ा। अपने तीक्ष्ण प्रहारों से उसने सारस को घायल कर दिया। खून से लथपथ होने पर भी अकेले ही युद्ध करते हुए सारस ने मुरगे की सेना का बहुत बड़ा भाग नष्ट कर दिया। किंतु अंत में वह स्वयं भी मुरगों के चंचु-प्रहार से घायल होकर खेत रहा।

इस प्रकार दुर्ग जीत लिया गया। चित्रवर्ण अपनी सेना के साथ उसमें घुस पड़ा और वहाँ की सारी संपत्ति समेटकर वह अपने शिविर में ले गया।

□

राजकुमारों ने सारी कहानी सुनने के बाद कहा, ''गुरुदेव, राजहंस की सेना में वह सारस ही सबसे वीर था। अपने प्राण

देकर भी उसने राजा की रक्षा की।''

''शत्रु से घिरा हुआ वीर यदि कायरता दिखाकर भागता नहीं तो अक्षयलोकगामी होता है।'' विष्णु शर्मा ने राजकुमारों को ज़ीवन में विजयी होने का आशीर्वाद देकर 'विग्रह' प्रकरण की कथा समाप्त की।

संधि

जब दोबारा पाठ शुरू हुआ तो राजपुत्रों ने अनुरोध किया, ''गुरुदेव, हमने विग्रह अर्थात् युद्ध की नीति ध्यानपूर्वक सुन ली। अब हमें संधि के विषय में भी बताने की कृपा करें।''

विष्णु शर्मा बोले, ''मैं तुम्हें संधि के विषय में ही बता रहा हूँ।''

राजकुमार उत्सुकता के साथ सुनने लगे—

उस भयंकर युद्ध में हिरण्यगर्भ और चित्रवर्ण दोनों की बहुत-सी सेना कट मरी। तब मंत्री गिद्ध और मंत्री चकवे ने परस्पर वार्त्ता करके दोनों राजाओं के बीच संधि करा दी।

दुर्ग छिन जाने पर दुखी राजहंस ने पूछा, ''हमारे किले में आग किसने लगाई थी? शत्रु के सैनिकों ने अथवा मेरे दुर्ग में ही छिपकर निवास करनेवाले उसके किसी गुप्तचर ने?''

सर्वज्ञ चकवा बोला, ''राजन्, अनायास ही आपका परम सखा बन जानेवाला वह कौआ मेघवर्ण और उसका परिवार कहीं दिखाई नहीं देता। इसलिए मैं तो समझता हूँ कि यह उसीकी करतूत थी!''

राजा ने क्षण-भर सोचा। फिर बोला, ''यह मेरा दुर्भाग्य है! यह दोष मेरे भाग्य का है, मंत्रियों का नहीं। कभी-कभी भलीभाँति किया हुआ काम भी दैवयोग से नष्ट हो जाता है।''

मंत्री ने कहा, ''महाराज, दुर्दिन आने पर व्यक्ति भाग्य को दोष देता है, अपने कर्मों को नहीं देखता। सच्ची बात तो यह है कि जो हितैषियों की बात का अनादर करता है, उसका विनाश हो जाता है; जिस प्रकार बेचारा कछुआ मित्रों की बात का अनादर करने के कारण मारा गया था।''

राजा ने पूछा, "यह कछुए की कहानी क्या है?"

मंत्री सुनाने लगा—

हंसों का मित्र मूर्ख कछुआ

मगध देश में फुल्लोत्पल नाम का एक सुंदर सरोवर है। वहाँ बहुत दिनों से संकट और विकट नामक दो हंस निवास करते थे। उसी सरोवर में रहनेवाला एक कछुआ उनका मित्र बन गया था। उसका नाम था कंबुग्रीव।

एक रोज शाम के समय कुछ मछुआरे मछलियाँ मारकर लौटने लगे तो उस सुंदर सरोवर को देखा। वे आपस में बात करने लगे कि यहाँ तो बहुत बड़ी-बड़ी ढेर सारी मछलियाँ हैं। भारी-भरकम कछुए भी हैं। कल यहीं जाल डालकर इनका शिकार करेंगे।

कंबुग्रीव कछुए ने उनकी बात सुनी तो घबरा गया। उसने अपने मित्र हंसों से कहा, "भाइयो, आप लोगों ने उन मछुआरों की बात सुनी?"

हंस बोले, "सुनी तो है। रात को विचार करते हैं। सुबह जो उचित होगा, कर लिया जाएगा।"

कछुआ बोला, "भाई, मुझे तो अब बहुत डर लग रहा है। 'जो उचित होगा, कर लिया जाएगा'—इस बात से तो वही कहानी याद आती है, जिसमें कहा गया है कि अनागतविधाता और प्रत्युत्पन्नमति तो सुख से रहते हैं; किंतु 'जो होगा, देखा जाएगा,' ऐसा कहनेवाला 'यद्भविष्य' नष्ट हो जाया करता है।"

हंसों ने पूछा, "वह कैसे?"

कछुआ कहानी सुनाने लगा—

जो होगा, देखा जाएगा

बहुत पुरानी बात है। एक बार पहले भी इस सरोवर पर इसी प्रकार मछुआरे आए थे और उन्होंने आज की ही तरह अगले दिन जाल डालने का विचार किया था। उस समय यहाँ तीन बड़े-बड़े मत्स्य रहते थे। उनमें एक का नाम अनागतविधाता था, दूसरे का प्रत्युत्पन्नमति

और तीसरे मत्स्य का नाम था यद्‌भविष्य। मछुआरे सलाह करके चले गए तो मत्स्य परस्पर विचार-विमर्श करने लगे। उस समय अनागतविधाता ने कहा, ''मैं तो किसी अन्य सरोवर में चला जाता हूँ।''

उसने किसीके उत्तर की प्रतीक्षा नहीं की और अपने परिवार को लेकर उसी समय वहाँ से निकल गया।

प्रत्युत्पन्नमति बोला, ''भविष्य में क्या होगा, इसका कोई निश्चय तो है नहीं, इसलिए अभी कहीं जाना व्यर्थ है। समय आने पर जो ठीक लगेगा, करूँगा। कहा भी गया है कि आपत्ति उपस्थित होने पर जो उसका प्रतिकार कर लेता है, वही बुद्धिमान है।''

यह सुनकर यद्‌भविष्य मत्स्य बोला, ''जो नहीं होना है, वह कभी नहीं होगा और जो होना है, वह होकर ही रहेगा। आप भी चिंता रूपी इस विष को दूर करनेवाली इस ओषधि को पीकर मस्त रहिए!''

जैसाकि मछुआरों ने निश्चय किया था, उसके अनुसार उन्होंने अगले ही दिन उस सरोवर में अपना जाल डाल दिया। प्रत्युत्पन्नमति भी जाल में फँस गया। उस समय उसको एक उपाय सूझा। वह तुरंत मुरदे के समान ऐंठकर पड़ गया। मछुआरों ने समझा कि यह तो मरा हुआ है, इसलिए उसे जाल से निकालकर बाहर फेंक दिया। अवसर मिलते ही वह उछलकर पानी में बहुत गहरे चला गया। इस प्रकार उसने तत्काल बुद्धि से काम लेकर जान बचा ली।

लेकिन तीसरा मत्स्य होनी-अनहोनी की सोचता रहा और जाल में फँस गया। मछुआरों ने उसे नथकर लटका लिया।

□

यह कथा सुनाकर कछुआ बोला, ''कुछ ऐसी युक्ति कीजिए कि मैं इस जंजाल से बचकर किसी दूसरे सरोवर में पहुँच जाऊँ।''

हंस बोले, ''पानी में पहुँच जाने पर तो तुम बच जाओगे, किंतु यदि यहाँ से वहाँ तक तुम भूमि पर चलकर यात्रा करोगे तो उस समय किस प्रकार बच पाओगे?''

''कोई ऐसा यत्न करो कि मैं आप लोगों के साथ आकाश मार्ग से जा सकूँ।''

''यह कैसे संभव हो सकता है?''

''संभव है!'' कंबुग्रीव ने उत्साह के साथ कहा, ''आप दोनों एक लकड़ी के दोनों छोरों को दो ओर से पकड़ लेना। मैं उस लकड़ी को अपने मुँह से बीच में पकड़कर लटकता हुआ आप लोगों की सहायता से आनंद के साथ यहाँ से निकल जाऊँगा।''

हंस बोले, ''उपाय तो अच्छा है, किंतु समझदार प्राणी को चाहिए कि वह उपाय के साथ-साथ संकट में विनाश से बचने का मार्ग भी सोच ले। अन्यथा उस मूर्ख बगुले की-सी दशा होगी, जिसके देखते-ही-देखते नेवले उसकी सब संतानों को खा गए थे।''

कछुए ने पूछा, ''वह किस प्रकार?''

हंस मूर्ख बगुले की कथा सुनाने लगा—

हत्यारे को न्योता

उत्तर दिशा में गृध्रकूट पर्वत पर पीपल का एक बहुत बड़ा पेड़ था। उस पेड़ पर अनेक बगुलों का निवास था। पीपल के तने में बने खोंड़र में एक भयंकर सर्प रहता था। वह बगुलों के बच्चों को खा जाया करता था।

एक रोज सब बगुले मिलकर इसका कोई उपाय सोचने लगे। एक बूढ़े और बुद्धिमान बगुले ने कहा, ''इसका सबसे आसान उपाय यही है कि निकट के सरोवर से बहुत-सी छोटी-छोटी मछलियाँ पकड़कर लाई जाएँ और उन्हें साँप के बिल से लेकर नेवले के बिल तक बिछा दिया जाए। नेवले अपने बिल से मछलियाँ खाते-खाते साँप के बिल तक पहुँच जाएँगे। साँप और नेवले का तो स्वाभाविक वैर है। मछलियों के साथ-साथ नेवले साँप को भी मारकर खा जाएँगे।''

यह उपाय सबको अच्छा लगा। उन्होंने वैसा ही किया। परिणाम यह हुआ कि नेवलों ने सचमुच साँप को भी मार दिया। किंतु जब नेवलों ने बगुलों के बच्चों की चूँ-चाँ सुनी तो

वे पेड़ पर भी चढ़ गए और उन्होंने बच्चों को भी खा डाला। बगुले बेबस बैठे देखते रह गए।

□

हंस ने कहा, "इसीलिए हम कहते हैं कि उपाय सोचते समय संकट आने पर बचने की राह पर भी विचार कर लेना अच्छा होता है।"

कंबुग्रीव बोला, "लेकिन संकट कैसे आएगा ?"

हंस ने कहा, "जिस समय हम तुमको लकड़ी से लटकाकर ले जाएँगे, उस समय तुम्हें देखकर नीचे के लोग कुछ-न-कुछ अवश्य कहेंगे। वे तुम्हारी खिल्ली भी उड़ाएँगे। तब तुम बिना बोले मानोगे नहीं और मुँह खुलते ही तुम धरती पर गिरकर चिथड़ा-चिथड़ा हो जाओगे। इससे तो यही अच्छा है कि तुम यहीं रहो।"

यह सुनकर कछुआ नाराज होकर बोला, "तो आप लोगों ने मुझे इतना मूर्ख समझ लिया है कि मैं अपने प्राण यों ही गँवा दूँगा! कोई कुछ भी क्यों न कहता रहे, मैं कुछ नहीं बोलूँगा।"

कछुए ने हंसों को अनेक प्रकार से आश्वस्त किया तो वे उसको लकड़ी के सहारे टाँगकर दूसरे सरोवर तक ले जाने के लिए राजी हो गए।

जब वे कछुए को इस प्रकार लटकाकर ले जा रहे थे तो गाँव के ग्वाले उसको देखकर भाँति-भाँति की बातें करने लगे।

किसी प्रकार एक गाँव तो निकल गया, किंतु दूसरे गाँव में भी जब उसी प्रकार की बातें होने लगीं तो कछुए का धीरज टूट गया। उसको ताने सुन-सुनकर क्रोध आने लगा था। एक जगह नीचे से एक ग्वाले ने कहा, "कछुआ गिर जाता तो हम पकाकर खा लेते!"

कछुआ भड़ककर बोलने को हुआ कि 'मुझे नहीं, तुम तो राख खाओगे!' किंतु कुछ

कह भी नहीं पाया। मुँह खोलते ही वह धड़ाम से धरती पर जा गिरा और अगले ही पल तड़पकर मर गया। ग्वालों ने उसको उठा लिया।

□

यह कथा सुनाकर चकवा बोला, ''इसीलिए मैं कहता हूँ कि जो शुभचिंतकों की बात पर ध्यान नहीं देता, उसकी ऐसी ही गति होती है।''

उसी समय राजहंस के दूत बगुले ने आकर कहा, ''महाराज, मैंने तो उसी समय कहा था कि दुर्ग की भलीभाँति देखभाल होनी चाहिए; किंतु उस विषय में भी लापरवाही रही और गिद्ध द्वारा नियुक्त मेघवर्ण कौआ हमारे दुर्ग में ही बसा रहा और अपने राजा के आते ही हमारे दुर्ग में आग लगा दी।''

दुखी राजहंस बोला, ''उस कौए ने आकर ऐसा अपनापन दिखाया कि मेरी बुद्धि ही भ्रष्ट कर दी।''

तभी एक और गुप्तचर ने आकर सूचना दी कि मेघवर्ण के कृत्य से प्रसन्न होकर चित्रवर्ण तो उसे ही हमारे कर्पूरद्वीप का राजा बनाना चाहता था, किंतु उसके प्रधानमंत्री गिद्ध ने इसका विरोध किया।

उसने चित्रवर्ण को समझाते हुए कहा, ''ऐसे ऊँचे पद पर किसी धूर्त को कभी नियुक्त नहीं करना चाहिए। ऐसा व्यक्ति किसी उच्च पद पर पहुँच जाता है तो अपने स्वामी को ही मारने के लिए उद्यत हो जाता है, जिस प्रकार कि महातपा मुनि द्वारा बाघ बना दिए जाने पर दुष्ट चूहा एक दिन उन्हीं को खा जाने को उद्यत हो गया था।''

चित्रवर्ण ने पूछा, ''यह बाघ बननेवाले चूहे की क्या कथा है?''

गिद्ध वह कथा सुनाने लगा—

पुनर्मूषिको भव

महर्षि गौतम के परम पुनीत तपोवन में महातपा नाम के एक ऋषि रहते थे। एक दिन उन्होंने एक कौए को चूहे का छोटा-सा बच्चा लाते देखा। उनको बच्चे पर दया आ गई। उन्होंने कौए की कठोर चोंच से बच्चे को छुड़ा लिया।

दयालु मुनि ने चूहे के बच्चे को अपने पास ही रखा और उसे चावलों की किनकी आदि खिला-खिलाकर पालने लगे। एक दिन कहीं से एक बिलाव आ गया। चूहे को देखकर वह उसे खाने के लिए झपटा।

चूहा फुदककर मुनि की गोद में जा छिपा। उसे इस प्रकार छिपते देखकर मुनि ने कहा, ''अच्छा, तू बिल्ले से डरता है! जा, तू भी बिल्ला हो जा।''

मुनि के कहते ही चूहा बिलाव बन गया। लेकिन बिलाव बन जाने पर भी वह जब-तब कुत्तों से डरकर मुनि के पास भाग आता। मुनि ने कहा, ''तो कुत्तों से डरता है! जा, तू भी कुत्ता बन जा।''

और वह बिलाव तुरंत कुत्ता बन गया; फिर भी वह निश्शंक नहीं हुआ। अब वह बाघ से डरने लगा। मुनि ने कहा, ''बाघ से डरता है, तो जा, तू भी बाघ बन जा!''

इस प्रकार बढ़ते-बढ़ते वह चूहा बलवान बाघ बन गया। किंतु मुनि तो उसको अब भी

चूहे का बच्चा ही मानते थे। लोग भी जब उस बाघ को देखते तो कहते, ''देखो तो, महातपा मुनि ने इस चूहे को बाघ बना दिया है।''

बाघ जब भी ऐसी बात सुनता, उसे बड़ी आत्मग्लानि होती। उसने सोचा, जब तक यह मुनि जीवित रहेगा, तब तक लोग यही कहेंगे कि इस चूहे को मुनि ने ही बाघ बना दिया है।

इस अपवाद से छुटकारा पाने की सोचकर वह एक दिन मुनि को ही मार देने की ठानकर चल पड़ा। मुनि तत्काल उसके मन की बात भाँप गए। बस, फिर क्या था, उन्होंने कह दिया, ''अच्छा, ऐसी बात है! तो जा, तू फिर से चूहा बन जा!''

और पलक झपकते ही बाघ फिर से चूहा बन गया।

□

कथा सुनाकर गिद्ध बोला, ''इसीलिए मैं कहता हूँ कि नीच मानसिकता का कोई प्राणी किसी उच्च पद पर पहुँच जाता है तो वह अपना अस्तित्व भूल जाता है।''

गिद्ध ने आगे फिर कहा, ''फिर जो आप सोच रहे हैं, वह भी उचित नहीं है। ज्यादा लालच के वश में होने के कारण एक बगुला मौत का शिकार हो गया था।''

चित्रवर्ण ने पूछा, ''वह किस प्रकार?''

गिद्ध सुनाने लगा—

लोभी बगुले का अंत

मालवा देश में पद्मगर्भ नाम का एक सरोवर है। उस सरोवर में एक वृद्ध बगुला रहता था। सामर्थ्यहीन हो जाने के कारण उसे अपने आहार की चिंता सदा बनी रहती थी। इस कारण वह अनमना-सा वहाँ बैठा टुकुर-टुकुर ताकता रहता था। उसको नित्य इस प्रकार उदास बैठे देखकर एक केकड़े ने उससे पूछ लिया, ''क्यों मामा, क्या बात है कि तुम खाना-पीना छोड़कर इस प्रकार उदास बैठे रहते हो?''

बूढ़ा बगुला बड़ी गंभीरता दिखाता हुआ बोला, ''क्या करूँ! मैं तो बड़ी चिंता में पड़ गया हूँ। तुम तो जानते हो कि ये मछलियाँ ही मेरे जीवन का आधार हैं। लेकिन अब सुनने में आया है कि जल्दी ही कुछ मछुआरे एक दिन आकर यहाँ भारी जाल डालेंगे और सारी मछलियों को पकड़कर ले जाने वाले हैं। मेरे तो जीवन का आधार ही नष्ट हो जाएगा। उस

दशा में मेरा भूखों मरना तो निश्चित ही है, सो मैंने अभी से आहार त्याग दिया है।''

केकड़े ने जाकर यह बात मछलियों को बताई। उनको यह दारुण समाचार सुनकर चिंता होने लगी। उन्होंने सोचा, यह बगुला बड़ा उपकारी लगता है। चलो, इसीसे कोई उपाय पूछते हैं।

बूढ़े बगुले के पास पहुँचकर मछलियों ने कहा, ''मामा, मछुआरों की जो बात आप बता रहे हैं, उससे बचने का भला कोई उपाय भी है हमारे लिए?''

बगुला बड़ी चतुराई से बोला, ''हाँ, मैंने तो नगर के पास मछुआरों की बात सुनी थी, तभी से चिंतित होकर उपाय सोच रहा था। अब इसका एकमात्र उपाय यही है कि तुम लोग पहले ही यह सरोवर छोड़कर किसी अन्य सरोवर में चले जाओ।''

''किंतु हम जाएँगे कैसे?''

बगुले ने अहसान जताते हुए कहा, ''यदि तुम लोग कहो तो मैं एक-एक करके तुम सबको किसी अन्य तालाब में पहुँचा देता हूँ।''

मछलियों को जान बचाने की राह मिली। उन्होंने तुरंत स्वीकार कर लिया। फिर तो बगुला वहाँ से एक-एक मछली को ले जाता, मार्ग में एक शिला पर पटक देता और मारकर खा जाता।

कुछ समय बीत जाने पर एक दिन केकड़े ने कहा, ''मामा! आज मुझे ही दूसरे सरोवर तक ले चलो।''

बगुले को रोज-रोज मछली का भोजन क़रते हुए बहुत दिन बीत गए थे। केकड़े की बात सुनकर वह खुश हो गया—चलो, आज बहुत दिन बाद स्वाद तो बदलने का अवसर मिला। केकड़े का स्वादिष्ट मांस खाने की आशा से उसके मुँह में पानी भर आया। वह तुरंत केकड़े को पीठ पर बैठाकर ले चला। उसी स्थान पर पहुँचकर उसने चट्टान पर केकड़े को उतरने को कहा, जहाँ मछलियों को मारा करता था। केकड़े ने वहाँ मछलियों की हड्डियों का ढेर देखा तो सबकुछ समझ गया। वह मन-ही-मन परेशान हो गया—आज तो मैं मारा गया!

केकड़े के धैर्य ने उसका साथ नहीं छोड़ा था। उसने उतरने की जगह अचानक उस धूर्त बगुले की गरदन दबोच ली और उसे काट डाला। बगुला तुरंत मर गया।

□

यह कथा सुनकर राजा चित्रवर्ण ने कहा, ''देखो, मैं तो ऐसा सोच रहा था कि मेघवर्ण कर्पूरद्वीप का राजा बन जाएगा तो यहाँ की जितनी उत्तम संपदा है वह सब हमें सौंप देगा और हम अपने देश में बड़े सुख से रहेंगे।''

दूरदर्शी मंत्री बोला, ''महाराज, आनेवाली बात की कल्पना कर-करके ही जो व्यक्ति प्रसन्न होता है, वह उस ब्राह्मण की भाँति पछताता है, जिसने जोश में कुम्हार के बरतन ही तोड़ डाले थे।''

राजा ने पूछा, ''वह कैसे?''

मंत्री गिद्ध सुनाने लगा—

सपनों का महल

देवीकोट नगर में देव शर्मा नाम का एक ब्राह्मण रहता था। संक्रांति के दिन उसको दान में सत्तू से भरा एक कसोरा मिला। वह सत्तू लेकर चल पड़ा। चलते-चलते उसको तेज धूप से परेशानी होने लगी। वह आराम करने के लिए एक कुम्हार के ओसारे में जाकर बैठ गया। उसमें कुम्हार के पकाए हुए मिट्टी के बरतन भरे थे।

उसके एक हाथ में सत्तू का कसोरा था। उसकी रक्षा के लिए उसने दूसरे हाथ में डंडा ले रखा था। बैठे-बैठे वह कल्पना में खो गया। वह सोच रहा था कि वह इस सत्तू को बेच देगा तो इसका दाम दस कौड़ियाँ मिल जाएँगी। उन कौड़ियों से वह ढेर से कसोरे और घड़े

खरीदेगा। उन्हें बेचकर जो धन मिलेगा उससे वह सुपारी आदि खरीद लेगा। फिर उसे बेचकर वस्त्र खरीदकर उसका व्यापार बढ़ा लेगा। सोचते-सोचते वह इस निष्कर्ष पर पहुँच गया कि फिर तो जल्दी ही एक समय ऐसा आएगा जब वह लखपति बन जाएगा।

वह सोचता गया—'लखपति बनते ही विवाह करूँगा। विवाह भी एक नहीं, चार-चार करूँगा। उन चारों में जो सबसे अधिक रूपवती होगी, उसे मैं ज्यादा चाहूँगा। तब अगर उसकी सौतनें उससे चिढ़कर परस्पर लड़ने लगेंगी तो मैं उनको इस प्रकार डंडे से पीटूँगा…'।

सोचते-सोचते ही देव शर्मा ने उमंग में आकर जोर से अपने हाथ के डंडे को सत्तू के कसोरे पर मार दिया। वह टूटकर चूर-चूर हो गया और सारा सत्तू बिखरकर धरती पर फैल गया। इतना ही नहीं, डंडा वहाँ रखे बरतनों पर भी पड़ा। वे टूटे तो उसके सहारे रखे और बहुत सारे घड़े भी भरभराकर गिरे और टूट गए। बरतन टूटने की आवाज सुनकर कुम्हार दौड़ा हुआ आ पहुँचा। उसने ब्राह्मण की करतूत देखी तो उसे पीट-पीटकर निकाल बाहर किया।

□

कथा सुनाकर गिद्ध मंत्री कहने लगा, "इसीलिए मैं कहता हूँ कि शेखचिल्ली की भाँति स्वप्न देखनेवाले की ऐसी ही दुर्दशा होती है।"

एकांत होने पर राजा ने गिद्ध से कहा, "तात, अब जो करना हो वह शीघ्र बताइए।"

गिद्ध बोला, "राजन्, वह दुर्ग तो केवल आपके प्रताप से ही जीता गया है!"

राजा बोला, "नहीं, दुर्ग तो मात्र आपके उपाय से ही जीता गया है।"

"तो आप मेरी बात मानिए और अब अपने देश को लौट चलिए। नहीं तो वर्षा ऋतु आ जाने पर कहीं फिर से युद्ध छिड़ गया तो इस पराई धरती से हम लोगों को अपने देश लौटना भी मुश्किल हो जाएगा। इसलिए उत्तम यही है कि अब हम कर्पूरद्वीप के राजा राजहंस से संधि करके अपने देश को लौट चलें। दुर्ग तो जीत ही लिया है। हमें सुयश भी प्राप्त हो गया है।"

इस बात पर राजा चित्रवर्ण को शंका-सी हुई। यह भाँपकर गिद्ध ने कहा, "अपने इस सुयश को हमें बनाए भी रखना है, महाराज! राजहंस इस समय हमसे भले ही पराजित हो गया हो, किंतु है तो वह हमारे समान ही बलवान्। बराबर के शक्तिशाली के साथ युद्ध में विजय अनिश्चित रहती है। इसलिए उससे संधि कर लेना ही ठीक है। समतुल्य बल होते हुए भी क्या सुंद और उपसुंद लड़कर नष्ट नहीं हो गए थे?"

राजा ने पूछा, "यह किस प्रकार?"

मंत्री प्राचीन पौराणिक कथा सुनाने लगा—

सुंद-उपसुंद और सुंदरी

पुराकाल की बात है—सुंद और उपसुंद नाम के दो महाबली दैत्य थे। एक बार उन्होंने तीनों लोकों पर विजय पाने की ठान ली। इसकी प्राप्ति के लिए उन्होंने सोचा, शिवजी को प्रसन्न किया जाए। वे तुरंत प्रसन्न होकर वर दे देते हैं।

निश्चय करके उन्होंने भगवान् शंकर की तपस्या आरंभ कर दी। वे बहुत लंबे समय तक तपस्या करते रहे। अत: भगवान् शंकर उनपर प्रसन्न हो गए। उन्होंने प्रकट होकर कहा, "बोलो, क्या वर माँगते हो?"

न जाने क्या हुआ कि सुंद-उपसुंद जो वर माँगना चाहते थे, वह तो माँग नहीं सके, उसके विपरीत उनके मुख से कुछ और ही निकल गया। उन्होंने कहा, "यदि आप हमपर प्रसन्न ही हैं तो अपनी प्रियतमा सुंदरी पार्वती हमको दे दीजिए।"

यह सुनकर भगवान् शंकर को क्रोध तो आया, किंतु वर माँगने और देने की बात उन्होंने ही कही थी। अत: उन्होंने उन मूर्खों को पार्वती सौंप दी।

पार्वती को प्राप्त करके उन दोनों को ही उनपर अनुरक्ति हो गई। इस कारण दोनों में इस

बात पर झगड़ा होने लगा कि पार्वती को अपने पास कौन रखे। दोनों ही उन जैसी सुंदरी को अपने पास रखना चाहते थे।

आखिर उन दोनों ने सोचा, किसीको बिचौलिया बनाकर इस समस्या का समाधान करा लिया जाए। अंतर्यामी भगवान् शंकर यह समझ गए। उन्होंने तुरंत बूढ़े ब्राह्मण का रूप धारण किया और उनके पास पहुँच गए।

वृद्ध ब्राह्मण को देखकर दोनों दैत्यों नें उनसे ही निर्णय करने को कहा।

उनकी बात सुनकर भगवान् शंकर बोले, ''अरे भाई, तुम लोग तो महाबली योद्धा हो! तुम्हारे लिए तो युद्ध ही श्रेयस्कर है, दोनों ही युद्ध करके निर्णय कर लो। जो जीते, यह सुंदरी उसीकी होगी!''

दोनों दैत्यों को यह परामर्श भा गया। बस, फिर क्या था, उनमें घोर युद्ध आरंभ हो गया। जिसे जैसा ही अवसर मिलता, वह दूसरे पर आघात करता। इस घात-प्रतिघात में ही दोनों के प्राण-पखेरू उड़ गए।

□

गिद्ध ने कहा, ''इसीलिए कहता हूँ कि समान बलवालों के लिए संधि ही उपयुक्त है!''

राजा ने शंका की, ''तो आपने पहले ही यह परामर्श क्यों नहीं दिया?''

"आप मेरी बात सुनने को तैयार ही कब थे! यह युद्ध मेरे परामर्श से तो आरंभ नहीं किया गया था। मेरा तो यही विचार था और अब भी है कि अनेक गुणों से अलंकृत राजा हिरण्यगर्भ के साथ आप संधि कर लीजिए।"

अपने दूत बगुले से शत्रुपक्ष की यह सारी गाथा सुनकर राजा हिरण्यगर्भ ने उससे कहा, "तुमने वास्तव में प्रशंसा योग्य काम किया है। अब जाकर घूमो-फिरो, विश्राम करो। उसके बाद फिर आ जाना।"

दूत चला गया तो राजा ने अपने मंत्री चकवे से कहा, "अब आप हमें यह तो बताइए कि किन-किनके साथ संधि करना उचित नहीं है?"

सर्वज्ञ मंत्री बोला, "राजन्! बालक, वृद्ध, रोगी, जिसकी प्रजा विरक्त हो, विषयी, दुर्भाग्यशाली, जो समय का मूल्य न समझता हो आदि-आदि दुर्गुणोंवाले बीस प्रकार के राजाओं से संधि नहीं करनी चाहिए। संधि, विग्रह, यान, आसन, संशय और द्वैधीभाव—ये छह गुण माने जाते हैं।"

चकवा ने अपने राजा के सामने बड़े विस्तार से संधि के गुणों और दोषों की व्याख्या की। फिर कहा, "महाराज, यद्यपि गिद्ध ने अपने राजा को संधि का परामर्श दिया है, फिर भी इस धरती को जीतने के अभिमान में, संभव है, वह राजा ऐसा न करे। अत: आपको चाहिए कि शत्रु से निबटने के और उपाय करते रहें। सबसे पहले तो आप अपने परममित्र सिंहलद्वीप के राजा सारस महाबल को जंबूद्वीप पर कोप प्रकट करने का अनुरोध कीजिए। वह चुपचाप शत्रु पर अपने पूरे बल से आक्रमण कर दें और उसे खूब सताएँ। जितना ही वह सताया जाएगा उतनी ही जल्दी संधि करेगा।"

राजा ने मंत्री का परामर्श स्वीकार कर लिया। उसने तत्काल सिंहलराज महाबल के नाम एक पत्र लिखवाया और विचित्र नामक बगुले से उसे सिंहलद्वीप भिजवा दिया।

उधर चित्रवर्ण के प्रधानमंत्री गिद्ध ने राजा को सलाह दी, "राजन्, अपना मेघवर्ण कौआ तो बहुत दिनों तक राजा हिरण्यगर्भ के यहाँ रह चुका है। अत: उससे पूछा जाए कि हिरण्यगर्भ में संधि करने योग्य गुण हैं अथवा नहीं।"

राजा ने तत्काल कौए को बुलवाकर पूछा, "मेघवर्ण, यह हिरण्यगर्भ किस प्रकार का राजा है? और उसका मंत्री चकवा कैसा मंत्री है?"

मेघवर्ण बोला, "महाराज, राजा हिरण्यगर्भ धर्मराज युधिष्ठिर के समान श्रेष्ठ हैं और

उसके मंत्री सर्वज्ञ जैसा उत्तम मंत्री तो अन्यत्र कहीं देखने को भी नहीं मिलेगा।''

राजा ने पूछा, ''यदि ऐसी बात है तो फिर तुमने उसको किस प्रकार धोखा देकर अपना काम साध लिया?''

मेघवर्ण ने मुसकराकर कहा, ''जिसके हृदय में विश्वास पैदा कर दिया जाए, उसको ठगने में चतुराई की आवश्यकता कहाँ होती है, महाराज? ऐसे तो उसके मंत्री ने पहली बार देखते ही मुझको पहचान लिया था; किंतु उसका राजा बहुत उच्च विचारोंवाला है। यही कारण है कि वह धोखे में आ गया। जो प्राणी दुर्जन को भी अपने समान ही सत्यवादी समझता है, वह उसी भाँति ठगा जाता है जैसे बकरा लेकर जाते हुए ब्राह्मण ठगा गया था।''

राजा ने पूछा, ''वह किस प्रकार?''

मेघवर्ण कथा सुनाने लगा—

तीन धूर्त और ब्राह्मण

महर्षि गौतम के तपोवन में रहनेवाले किसी ब्राह्मण ने एक बार यज्ञ करने का निश्चय किया। उसने गाँव से एक बकरा खरीदा और उसे लेकर तपोवन की ओर चल पड़ा।

बकरा छोटा था, इसलिए ब्राह्मण के साथ तेज-तेज चलने में उसे कठिनाई हो रही थी। ब्राह्मण ने यह देखा तो उसको कंधे पर उठाकर ले चला।

ब्राह्मण को इस प्रकार बकरा कंधे पर लादे देखकर उसी रास्ते से जानेवाले तीन धूर्तों के मन में कपट आ गया। उन्होंने सोचा, इस ब्राह्मण से किसी प्रकार यह बकरा छीन लेना चाहिए।

तब उन्होंने सोच-विचारकर कुछ निश्चय किया और उसके अनुसार तीनों धूर्त कुछ-कुछ दूरी पर जाकर बैठ गए। जब वह ब्राह्मण बकरे को कंधे पर लादे हुए पहले धूर्त के सामने से निकला तो उसने कहा, ''ब्राह्मण देवता, भला आपने यह कुत्ता कंधे पर क्यों लाद रखा है? छिः-छिः, इससे तो आपका धर्म ही भ्रष्ट हो जाएगा!''

ब्राह्मण बोला, ''क्या बकते हो! तुम्हें यह बकरा कुत्ता दिखाई देता है? मूर्ख कहीं के!''

उसे फटकारकर ब्राह्मण आगे बढ़ा।

आगे उसे दूसरा धूर्त मिला। उसने भी ब्राह्मण से उसी प्रकार कहा कि यह कुत्ता कंधे

पर उठाए क्यों जा रहे हो। ब्राह्मण ने उसको भी मूर्ख कहा और आगे चल दिया।

थोड़ी दूर आगे चलने पर ब्राह्मण सोचने लगा, कहीं मुझे ही धोखा तो नहीं हो रहा है। इसलिए उसने बकरे को कंधे से उतारा और चारों ओर से उसका भली प्रकार निरीक्षण-परीक्षण किया। जब उसको विश्वास हो गया कि वह बकरा ही है तो वह फिर उसे कंधे पर उठाकर आगे चल दिया; तथापि उसका चित्त स्थिर नहीं था। मन में शंका ने घर कर लिया था।

और थोड़ी दूर जाते ही उसको तीसरा धूर्त मिल गया। उसने भी ब्राह्मण को उसी प्रकार कुत्ता कंधे पर लादने के कारण धर्मभ्रष्ट होने की बात कही।

ब्राह्मण ने फिर बकरे को नीचे उतारकर देखा-परखा। अंत में उसने उसे वहीं छोड़ दिया और स्नान करके चला गया। धूर्तों की बन आई। उन्होंने बकरे को मारकर आनंद से दावत उड़ाई।

□

यह कथा सुनाकर कौआ बोला, ''कभी-कभी दुष्टों की बातों से भी सज्जनों की बुद्धि चंचल हो जाया करती है। और जो उनकी बातों पर विश्वास कर लेता है, वह चित्रकर्ण ऊँट की भाँति जान से जाता है।''

राजा ने पूछा, ''वह किस प्रकार?''

मेघवर्ण कहने लगा—

भाग्य का मारा ऊँट

किसी वन में मदोत्कट नाम का एक सिंह रहा करता था। उसके तीन सेवक थे— कौआ, बाघ और सियार। वे तीनों एक दिन वन में घूम रहे थे कि उनको एक ऊँट विचरण करता दिखाई पड़ा।

वे तीनों उसके पास गए और पूछने लगे, ''तुम अपने मित्रों से बिछुड़कर इस वन में कैसे भटक रहे हो?''

उन तीनों को अपने प्रति सहानुभूति जताते देखकर ऊँट ने उनको सारी आपबीती सुना दी। तीनों को ऊँट पर दया आ गई। उसे आश्वासन देकर वे ऊँट को साथ लेकर सिंह के पास पहुँचे।

सिंह ने तो समझा कि वे तीनों उसके लिए कोई शिकार लाए हैं; किंतु समीप आने पर जब ऊँट की दु:ख-भरी कहानी सुनी तो सिंह ने उसे अभयदान देकर अपने सेवकों में सम्मिलित कर लिया। उसका नाम 'चित्रकर्ण' रख दिया गया।

कुछ दिनों बाद सिंह अचानक बीमार पड़ गया। उसके बीमार पड़ जाने से उसके साथ-साथ उसके सेवकों को भी भोजन के लाले पड़ने लगे। इससे वे सब चिंतित रहने लगे। वे

इधर-उधर शिकार की खोज में जाते तो थे, किंतु कुछ कर नहीं पाते थे।

उन्हीं दिनों मूसलाधार वर्षा भी होने लगी। तब तो आहार के नाम पर कुछ भी न मिलता। सिंह के पुराने तीनों सेवकों को धूर्तता सूझी। वे ऐसा उपाय सोचने लगे कि सिंह इस चित्रकर्ण ऊँट को ही मारकर हमारे भोजन की व्यवस्था कर दे। वे सोचते कि घास-पात और काँटे खानेवाले इस जीव से उनका और उपकार भी क्या हो सकता है। अत: उसको मारने का उपाय सोचा जाने लगा।

बाघ बोला, ''भाई! हमारे महाराज ने चित्रकर्ण को अभयदान दे दिया है। फिर यह किस प्रकार संभव है?''

कौए ने कहा, ''भूख से व्याकुल स्वामी भी इस समय हर पाप कर डालेंगे। भूखा व्यक्ति कौन-सा पाप नहीं करता! भूख से व्याकुल व्यक्ति घोर निर्दयी हो जाता है। मतवाला, प्रमादी, उन्मत्त, थका हुआ, क्रोधी, भूखा, लोभी, डरपोक और कामी व्यक्ति भला धर्म के बारे में क्या जानें!''

ऐसा विचार कर वे लोग सिंह के समीप पहुँचे। भूख से व्याकुल सिंह ने उनको आया देखा तो उसके मन में आशा का संचार हुआ। उसने पूछा, ''कुछ भोजन मिला?''

सियार बोला, ''महाराज, बड़ी कोशिश करने पर भी कुछ नहीं मिला।''

''तो अब यह जीवन किस प्रकार चलेगा?''

धूर्त कौआ बोला, ''महाराज, अपने पास विद्यमान आहार को त्यागने के कारण ही हमारी यह हालत हो रही है।''

सिंह को अचरज हुआ। उसने पूछा, ''यहाँ हमारे पास कौन-सा आहार है?''

तब कौए ने कान में कहा, ''चित्रकर्ण!''

यह सुनकर सिंह को बड़ी लज्जा आई। उसने पृथ्वी का स्पर्श किया और फिर अपने कान पकड़कर वह मंद स्वर में बोला, ''मैंने उसे अभयदान देकर अपनी शरण में रखा है! फिर मैं ही उसका वध करूँ—यह कैसे हो सकता है! कहा भी गया है कि भूमिदान, सुवर्णदान, गोदान और अन्नदान को लोग महादान कहते हैं; किंतु अभयदान तो सबसे श्रेष्ठ है। अश्वमेध करने से जो फल प्राप्त होता है, शरणागत की भलीभाँति रक्षा करनेवाला व्यक्ति सहज ही वह फल प्राप्त कर लेता है!''

धूर्त कौआ फिर बोला, ''महाराज, आपने उसे अभयदान दिया है, सो आप उसे नहीं मारेंगे, यह ठीक है। किंतु यदि वह स्वयं ही अपना शरीर दान कर दे तो?''

सिंह कुछ नहीं बोला। मौन रहा।

कौए ने अपने साथियों से मंत्रणा की। उसने कहा, ''हम सबके होते हुए हमारे स्वामी भूख से छटपटा रहे हैं। अत: हमें चाहिए कि हम स्वयं अपना शरीर उनको अर्पित कर दें।''

सभी साथियों ने इसपर सहमति व्यक्त की।

कौआ उन तीनों को साथ लेकर फिर सिंह के पास गया। वह विनम्र भाव से बोला, ''महाराज, बहुत यत्न करने पर भी कुछ भोजन नहीं मिला है। अत: हमने यही उचित समझा है कि आप हमारा ही मांस खाकर अपने जीवन की रक्षा कीजिए।''

सिंह बोला, ''यह क्या कहते हो! इससे तो मर जाना अच्छा है। ऐसा कर्म करना उचित नहीं।''

उसके बाद सियार ने कौए को एक ओर किया और स्वयं कहने लगा, ''स्वामी! यह कौआ तो वैसे भी मात्रा में स्वल्प है। यदि आप इसका वध करके भोजन कर भी लें तो उससे आपकी भूख शांत होने वाली नहीं। अत: आज का भोजन मेरे मांस से कीजिए।''

सिंह ने उसको भी वही कहकर टाल दिया कि ऐसा करना पाप है।

तब बाघ आगे आया। सियार को एक ओर करता हुआ वह बोला, ''सिंहराज, सियार ने कह तो दिया कि मेरे मांस का भोजन कीजिए, किंतु कौए में और इसमें अंतर ही कितना है! इनका मांस यदि आप खा भी लें तो क्या उससे भूख शांत होने वाली है? इसलिए मेरा निवेदन है कि आज आप मेरे मांस से अपनी क्षुधा शांत कीजिए। मेरा जीवन धन्य हो जाएगा।''

सिंह ने क्षोभ के साथ कहा, ''आज तुम लोगों को हो क्या गया है, जो मुझे अनुचित कार्य के लिए प्रवृत्त कर रहे हो! ऐसा करना उचित नहीं है। मैं यह पाप नहीं कर सकता।''

ऊँट ने देखा कि तीनों ने अपने को अर्पित किया, किंतु सिंह ने उनका मांस खाने से इनकार कर दिया। अब मेरी बारी है। यदि मैं अपना मांस अर्पित नहीं करता तो एक ओर मेरे ये तीनों साथी मुझे हीन दृष्टि से देखेंगे और स्वयं सिंह महाराज भी कायर और डरपोक समझकर मेरी उपेक्षा करेंगे। ऊँट सोच रहा था कि स्वामी ने अन्य तीनों को मारना अस्वीकार कर दिया तो फिर मुझे ही वे क्यों मारेंगे।

यह विचार कर चित्रकर्ण ऊँट ने भी सिंह के सामने जाकर कहा, ''महाराज, बाघ महाशय का कहना भी उपयुक्त नहीं है। उनके मांस से भी आपका पेट भरना संभव नहीं। अत: मेरी प्रार्थना है कि आज आप मेरा मांस खाकर अपनी भूख शांत कीजिए।''

सिंह उससे भी वैसा ही कुछ कह पाता, इसके पहले ही बाघ ने झपटकर अपने नुकीले पंजे से उसका पेट फाड़ डाला। पेट चिरते ही ऊँट ने छटपटाकर प्राण त्याग दिए। सिंह स्तब्ध-सा रह गया। फिर उन सबने मिलकर ऊँट के मांस से अपनी क्षुधा शांत की।

□

मेघवर्ण बोला, ''महाराज, इसीलिए मैं कहता हूँ कि धूर्तों की बातों में आकर भले लोगों की बुद्धि भी चंचल हो जाती है और जो सबको अपने समान ही सत्यवादी मानता है, उसके साथ ऐसा ही छल होता है।''

राजा चित्रवर्ण ने पूछा, ''मेघवर्ण, तुम इतने दिन तक शत्रुओं के बीच कैसे रहे और कैसे उनके साथ निबाहा?''

मेघवर्ण बोला, ''अपना कार्य सिद्ध करने के लिए क्या-क्या प्रपंच नहीं रचना पड़ता! क्या ईंधन के रूप में जलाने की लकड़ी को भी लोग सिर पर नहीं ढोते? नदी का पानी निरंतर किनारे खड़े वृक्षों के पाँव धोता रहता है; पर क्या वही उन वृक्षों को भी उखाड़कर बहा नहीं ले जाता? नीति कहती है कि बुद्धिमान को चाहिए, अपना काम बनाने के लिए शत्रुओं को कंधे पर बैठाकर ढोना पड़े तो ढोए। जिस प्रकार वह बूढ़ा सर्प मेढकों को कंधे पर ढो-ढोकर ही तो खा गया था!''

राजा ने पूछा, ''वह कथा क्या है?''

मेघवर्ण बूढ़े साँप की कथा सुनाने लगा—

वृद्ध सर्प की चतुरता

किसी पुराने उजाड़ उद्यान में मंदविष नाम का एक सर्प रहा करता था। विष तो उसमें पहले ही नहीं था, फिर वृद्ध हो जाने के कारण अब वह अपने लिए आहार का प्रबंध भी नहीं कर पाता था।

किसी प्रकार रेंगता हुआ मंदविष एक रोज एक तालाब के किनारे जा पहुँचा। बहुत देर तक वह किनारे पर ही लटककर पड़ा रहा। उसे इस प्रकार निश्चेष्ट पड़े देख उस सरोवर में रहनेवाले एक मेढक ने दूर से ही पूछा, ''क्या बात है? तुम अपना आहार क्यों नहीं खोजते? दिन-भर यों ही क्यों पड़े रहते हो?''

सर्प ने एक प्रकार से उसकी उपेक्षा-सी करते हुए कहा, ''भाई, तुम क्यों मुझ अभागे को परेशान करते हो? जाओ, अपना काम देखो।''

यह सुनकर मेढक के मन में उत्सुकता हुई—आखिर यह सर्प ऐसा क्यों कह रहा है! उसने कहा, ''आखिर क्या बात है, कुछ हमें भी तो बताओ?''

सर्प बोला, ''बात यह है कि समीप ही ब्रह्मपुर नामक गाँव है। वहाँ कौंडिन्य नामक एक ब्राह्मण रहते हैं। उनका एक बीस वर्षीय होनहार पुत्र था। न जाने मेरा क्या दुर्भाग्य था कि एक दिन मैंने उसीको डस लिया। अपने पुत्र को मरा देखकर ब्राह्मण देवता को मूर्च्छा आ गई। उसके दुःख की बात सुनकर सारे ग्रामवासी उसके घर पर एकत्र हो गए। सब लोग उसको भाँति-भाँति से सांत्वना देने लगे--'यह जन्म तो एक झमेला ही है। सभी को एक-न-एक दिन जाना होता है। अपने मन को शांत करो। शोक त्याग दो।' कपिल की बात सुनकर कौंडिन्य मानो सोते से जाग पड़ा। वह उठ बैठा और बोला, तब तो इस गृह रूपी नरक में निवास करना भी व्यर्थ ही है। अब मैं वन को जाता हूँ।' कपिल के बहुत समझाने पर कौंडिन्य ने वन में जाने का विचार त्याग दिया; किंतु मुझपर उसका क्रोध शांत नहीं हुआ। उसने मुझे शाप दे दिया, 'जाओ, आज से तुम मेढकों के वाहन बनकर रहोगे'।''

लंबी साँस खींचकर साँप बोला, ''उसी ब्राह्मण के शाप से मेढकों का वाहन बनने के लिए मैं यहाँ आ गया हूँ; अन्यथा इस ठंडे सरोवर के निकट मेरा क्या काम!''

मेढक ने जब यह सुना तो उसे बड़ी प्रसन्नता हुई। उसने तुरंत जाकर अपने राजा जालपाद नामक मेढक को यह सारी बात बताई। जालपाद ने जब सुना तो उसको बड़ा अचरज हुआ। वह स्वयं सर्प के समीप आकर उससे इस विषय में पूछने लगा।

सर्प ने उसे विश्वास में लेते हुए कहा, "तुम्हें किसी प्रकार का संदेह नहीं होना चाहिए। चाहो तो इसी समय तुम इसकी परीक्षा ले सकते हो।"

इतना सुनना था कि मेढकों का राजा जालपाद कुदककर उसकी पीठ पर चढ़ गया।

सर्प ने बात बनती जान संतोष की साँस ली। जालपाद को लेकर वह उस तालाब के किनारे-किनारे उसको घुमा लाया और फिर उसी स्थान पर लाकर छोड़ दिया।

सर्प की गुदगुदी पीठ पर बैठने का जालपाद को चस्का-सा लग गया। वह दूसरे दिन भी आकर सर्प की पीठ पर बैठ गया। सर्प उस दिन भी उसको लेकर इधर-उधर घूमता रहा; किंतु उसकी चाल बहुत मंद थी। जालपाद को इससे आनंद नहीं आ रहा था।

मेढक ने उससे कहा, "आज आप धीरे-धीरे क्यों चल रहे हैं?"

सर्प बोला, "महाराज, कई दिनों से आहार न मिलने के कारण मैं असमर्थ हो गया हूँ।"

मेढकों का राजा बोला, "अपने आहार के लिए तुम रोज एक-दो मेढक खा लिया करो। यह मेरी आज्ञा है।"

फिर क्या था! महाराज की आज्ञा मिलने पर वह एक-एक करके कुछ ही दिनों में तालाब के सारे मेढकों को चट कर गया।

सारा सरोवर जब मेढकों से खाली हो गया तो एक दिन सर्प ने जालपाद से कहा, "मेरे आहार के लिए अब तो कोई मेढक भी नहीं बचा!"

"तब तुम अपने लिए कोई अन्य स्थान देख लो।" बड़ी रुखाई से जालपाद ने उत्तर दिया।

सर्प बोला, "जी हाँ, आप ठीक ही कहते हैं। किंतु आज का भोजन तो मुझे यहीं करना है।"

यह कहकर सर्प ने जालपाद को भी अपनी पीठ से धरती पर पटका और उसे निगल लिया।

□

कथा सुनाकर मेघवर्ण बोला, "महाराज, इसीलिए मैं कहता हूँ कि अपना कार्य सिद्ध करने के लिए यदि शत्रु को कंधे पर भी बैठाना पड़ जाए तो कोई हानि नहीं। अब बीती बातों को दोहराने से कोई लाभ नहीं। मैं समझता हूँ कि राजा हिरण्यगर्भ सब तरह से संधि करने के योग्य है। अतः उसके साथ संधि कर लेनी चाहिए। मेरी तो यही सम्मति है।"

राजा चित्रवर्ण क्षुब्ध होकर बोला, "आप लोग कैसी बातें कर रहे हैं! मैंने तो उसपर विजय प्राप्त की है, इसलिए यदि वह मेरा सेवक बनकर रहना चाहे तो रह सकता है, अन्यथा मुझसे युद्ध करे।"

उसी समय जंबूद्वीप से शुक आ पहुँचा। उसने सूचना दी, "महाराज, सिंहलद्वीप के राजा सारस महाबल ने हमारे द्वीप पर आक्रमण कर दिया है!"

"क्या कहा?" राजा चकित, स्तब्ध रह गया।

तोते ने अपनी बात दोहरा दी।

गिद्ध मन-ही-मन कहने लगा, 'वाह मंत्री चकवा, वाह! क्या निराली चाल चली है तुमने!'

राजा चित्रवर्ण आवेश में आकर बोला, "अच्छा, अब हिरण्यगर्भ की बात तो छोड़ो। मैं पहले जाकर उस दुष्ट सारस को ही समूल नष्ट किए देता हूँ।"

यह सुनकर प्रधानमंत्री गिद्ध ने हँसकर कहा, "राजन्, शरद्कालीन मेघ की भाँति व्यर्थ गरजना उचित नहीं है। कहा गया है कि राजा को चाहिए कि एक ही समय में अनेक शत्रुओं से युद्ध न करे; क्योंकि एक साथ मिलकर तो चींटियाँ भी बलवान सर्प को मार डालती हैं।"

राजा क्षोभ से भरकर बोला, "चलने की तैयारी करो।"

"देव, क्या आप बिना संधि किए ही यहाँ से जाना चाहते हैं? हम इस प्रकार चले गए तो यह राजा भी हमपर टूट पड़ेगा! जो तत्त्व को समझे बिना क्रोध के वशीभूत हो जाता है, उसे उसी प्रकार दुखी होना पड़ता है, जिस प्रकार ब्राह्मण नेवले को मारकर दुखी हुआ था।"

राजा ने पूछा, "यह कथा किस प्रकार है?"

प्रधानमंत्री गिद्ध सुनाने लगा—

बिना विचारे जो करे

उज्जयिनी में माधव नाम का एक ब्राह्मण रहता था। उसकी पत्नी ने एक पुत्र को जन्म दिया। उन्हीं दिनों उनको कहीं से नेवले का एक बच्चा मिल गया। ब्राह्मणी उसको भी अपने बच्चे के समान ही स्नेह से पालने लगी।

एक दिन ब्राह्मणी नदी में स्नान करने जाने लगी तो अपने पति को घर की रखवाली और

बच्चे को सँभालने के लिए सहेज गई।

संयोग की बात है, उसी समय राजा के यहाँ से ब्राह्मण को श्राद्ध का निमंत्रण आ गया। एक तो राजा का निमंत्रण, फिर अपनी दीन स्थिति। ब्राह्मण ने सोचा, यदि मैंने पत्नी के नदी से लौटने तक प्रतीक्षा की तो संभवत: महाराज द्वारा किया जानेवाला पार्वण श्राद्ध समाप्त हो जाए अथवा मेरे स्थान पर किसी अन्य ब्राह्मण को बुला लिया जाए।

किंतु बच्चे की रक्षा का प्रश्न था। अंत में ब्राह्मण ने निश्चय किया कि नेवले पर ही बच्चे की रक्षा का भार छोड़कर राजदरबार में चला जाता हूँ।

उसके जाने के कुछ ही देर बाद कहीं से एक काला सर्प निकला। वह बालक के निकट पहुँचा ही था कि नेवले ने उसको देख लिया। नेवला क्रोध से उसपर झपटा और पलक झपकते सर्प के टुकड़े-टुकड़े कर दिए।

ब्राह्मणी के आने से पहले ही ब्राह्मण दान-दक्षिणा लेकर राजदरबार से लौट भी आया। नेवले को जब ब्राह्मण के आने की आहट मिली तो वह उसी प्रकार सर्प के रुधिर से सना हुआ जाकर दुलार से उसके चरणों पर लोटने लगा।

ब्राह्मण ने जब उसका मुँह खून से सना देखा तो धक् से रह गया। उसने यही अनुमान लगाया कि नेवले ने अवश्य ही उसके पुत्र को मार डाला है। क्रोध से उफनकर ब्राह्मण ने तत्काल नेवले को मार डाला।

उसे मारकर वह घबराया हुआ भीतर घुसा और सीधा अपने पुत्र के समीप पहुँच गया। उसका पुत्र आनंदपूर्वक खेल रहा था और निकट ही फर्श पर भयावना सर्प मरा पड़ा था। तो

नेवले ने बच्चे की रक्षा की थी!

यह देखकर ब्राह्मण को घोर दुःख हुआ। किंतु अब हो भी क्या सकता था! उसने स्वयं ही अपना अनिष्ट कर डाला था। वह पश्चात्ताप से जलता रह गया।

□

प्रधानमंत्री गिद्ध कहने लगा, "महाराज, इसीलिए कहते हैं कि तत्त्व को समझे बिना कोई काम नहीं करना चाहिए और फिर काम, क्रोध, मोह, लोभ, मान और मद—इन छह शत्रुओं के त्याग पर ही राजा सुखी रह सकता है।"

राजा ने पूछा, "तो क्या यही आप लोगों का निर्णय है?"

"हाँ, महाराज, अविवेक विपत्ति की जड़ होता है। जो विवेक से काम करता है, उसके पास सारी संपदा अपने आप आ जाया करती है। इसलिए राजन्, इस समय यदि आप मेरी बात मानें तो यहाँ से लौटने के पहले राजा हिरण्यगर्भ से संधि कर लीजिए।"

राजा बोला, "लेकिन इतनी जल्दी में क्या यह संभव है?"

"हाँ, महाराज, संभव है! क्योंकि मैं मेघवर्ण से पहले ही पूरी जानकारी पा चुका हूँ। विशेष रूप से राजा हिरण्यगर्भ धर्मशील हैं और उनका सर्वज्ञ चकवे जैसा योग्य मंत्री है!"

राजा बोला, "तो फिर तर्क-वितर्क करने का समय नहीं है। इस समय आप जो ठीक समझें, वही कीजिए।"

"मैं उचित ही करूँगा, महाराज!"

चित्रवर्ण को आश्वस्त करके महामंत्री गिद्ध हिरण्यगर्भ के दुर्ग के भीतर पहुँचा।

हिरण्यगर्भ के गुप्तचर ने पहले ही आकर सूचना दे दी, "महाराज, चित्रवर्ण का महामंत्री गिद्ध संधि के निमित्त हमारे दुर्ग में प्रविष्ट हो रहा है।"

हिरण्यगर्भ ने अपने मंत्री से कहा, "न जाने वह किस प्रयोजन से आ रहा है!"

चकवा बोला, "महाराज, अब शंका करने की आवश्यकता नहीं है। यह दूरदर्शी, उच्च विचारवाला व्यक्ति है, महाराज! अतः उसका सत्कार करने के लिए रत्न आदि उपयुक्त सामग्री जुटाने की आज्ञा दें।"

स्वागत-सत्कार की तैयारी हो गई, तब चकवा महामंत्री गिद्ध से मिलने के लिए दुर्ग के द्वार तक गया और उसे आदरपूर्वक भीतर लाया। फिर राजा हिरण्यगर्भ से उसकी भेंट कराई।

राजा द्वारा दिए गए आसन पर गिद्ध के बैठ जाने के बाद चकवे ने कहा, "मित्र, यह सारा राज्य आप लोगों द्वारा विजित है। आप स्वेच्छा से इसका उपभोग कीजिए।"

राजहंस ने उसके समर्थन में कहा, ''हाँ, हमारे मंत्री महोदय ठीक ही कह रहे हैं।''

यह सुनकर दूरदर्शी गिद्ध बोला, ''इस समय मैं व्यर्थ के प्रपंच में नहीं पड़ना चाहता; क्योंकि बुद्धिमान व्यक्ति का कर्तव्य है कि वह लोभी को धन देकर, दंभी व्यक्ति के सम्मुख नतमस्तक होकर, मूर्ख को उसका काम बताकर तथा पंडित को सत्य और सम्मान से वश में करे। अब तो आप संधि की बात करें।''

चकवा बोला, ''यदि संधि की ही बात है तो वह किस प्रकार हो सकती है, कृपया उसका भी वर्णन कर दीजिए।''

उसी समय राजा हिरण्यगर्भ ने पूछा, ''संधि कितने प्रकार की होती है?''

गिद्ध बोला, ''सुनाता हूँ महाराज! सुनिए—''यदि कोई राजा अपने से बली राजा के पाश में फँस गया हो और उस विपत्ति से छूटने का कोई रास्ता न निकल रहा हो तो बुरा समय टालने के लिए उसके साथ संधि कर ले।

''संधिशास्त्र के ज्ञाताओं ने सोलह प्रकार की संधियों का वर्णन किया है। समान बल मानकर संधि करने को 'कपाल संधि' कहते हैं। कुछ देकर संधि करने को 'उपहार संधि' कहते हैं। कन्या समर्पित करके की जानेवाली संधि 'संतान संधि' कहलाती है। मित्रता करके सज्जनों के साथ की जानेवाली संधि को 'संगत संधि' कहते हैं। इसे 'सुवर्ण संधि' भी कहा गया है। यह आजीवन बनी रहती है, कभी नहीं टूटती।

''अपना कार्य सिद्ध करने के लिए जो संधि की जाती है, उसे 'उपन्यास संधि' कहते हैं। उपकार करके बदले में उपकार का लाभ पाने की भावना से जो संधि की जाती है, उसको 'प्रतिकार संधि' कहते हैं। राम और सुग्रीव की संधि इसी कोटि की थी। कार्य के उद्‌देश्य से की जानेवाली संधि 'संयोग संधि' कही जाती है। मिलकर कार्य करने के उद्‌देश्य से की जानेवाली संधि 'पुरुषांतर संधि' कहलाती है। 'तुम्हें मेरा अमुक कार्य करना होगा', इस प्रकार की शर्त के आधार पर जो संधि की जाती है, उसे 'दृष्टपुरुष संधि' कहते हैं।

''शत्रु को अपनी ओर मिलाने के लिए जमीन का टुकड़ा देकर जो संधि की जाती है, उसे 'आदिष्ट संधि' कहते हैं। अपनी सेना के साथ की जानेवाली संधि 'आत्मादिष्ट संधि' कहलाती है। अपना सर्वस्व अर्पण करके प्राणरक्षा के लिए की जानेवाली संधि 'उपग्रह संधि' कही जाती है। अपने कोष का कुछ अंश देकर शेष कोष की रक्षा के निमित्त की जानेवाली संधि 'परिक्रम संधि' कहलाती है। अपनी अच्छी भूमि देकर की जानेवाली संधि 'उच्छिन्न संधि' कही जाती है। भूमि से उत्पन्न लाभ देकर की जानेवाली संधि 'परभूषण संधि'

कहलाती है। जिसमें कुछ निश्चित मात्रा में अन्न ढोकर घर पहुँचाने की शर्त रखी जाए उसे 'स्कंधोपनेय संधि' कहते हैं।''

विस्तार से वर्णन करने के बाद दूरदर्शी गिद्ध ने कहा, ''हमें तो केवल 'उपहार संधि' ही रुचिकर है; क्योंकि अन्य सब संधियाँ मित्रतारहित होती हैं।''

राजा हिरण्यगर्भ ने कहा, ''आप लोग महान् और विद्वान् हैं। अत: आप लोगों को जो उचित लगे, हमें वही करने की आज्ञा दीजिए।''

मंत्री कहने लगा, ''नहीं, आप ऐसा क्यों कहते हैं? दुनिया तो मृगतृष्णा के समान क्षणभंगुर है, यह मानकर हम सज्जनों का संग करना ही उचित समझते हैं। अतएव सत्य शपथ के साथ दोनों राजाओं में संधि हो जानी चाहिए।''

सर्वज्ञ ने भी कहा, ''आपका कहना उचित है।''

राजा हिरण्यगर्भ ने वस्त्राभूषण आदि देकर दूरदर्शी गिद्ध का सत्कार किया और फिर प्रसन्न मन से अपने मंत्री चकवा को साथ लेकर मयूरराज चित्रवर्ण से मिलने गया।

चित्रवर्ण ने भी अपने महामंत्री गिद्ध के कथनानुसार भरपूर दान-मान देकर महामंत्री सर्वज्ञ से बात की; फिर संधि स्वीकार करके सम्मान के साथ उनको बिदा किया।

संधि हो जाने पर दूरदर्शी गिद्ध ने राजा चित्रवर्ण से कहा, ''महाराज, हमारी कामना पूर्ण हुई। अब हमें यहाँ से विंध्याचल को लौट चलना चाहिए।''

उन सबको इच्छानुसार फल की प्राप्ति हुई थी। राजा चित्रवर्ण अपनी सेना सहित विंध्य पर्वत लौट गया।

□

संधि का पाठ पढ़ाकर विष्णु शर्मा ने राजकुमारों से कहा, ''अब क्या बताऊँ, बोलो?''

राजकुमार बोले, ''गुरुदेव, आपकी कृपा से हम लोगों ने राज्य के व्यवहार संबंधी सब अंग जान लिये। हमें ज्ञान के साथ-साथ आनंद भी मिला।''

विष्णु शर्मा प्रसन्न होकर बोले, ''मेरी कामना है कि सभी विजयी राजाओं में संधि रहे, संसार में आनंद व्याप्त हो, सज्जन आपत्तिविहीन हों और पुण्यात्माओं की कीर्ति बढ़े!''